- Le Vallon RetroGames -

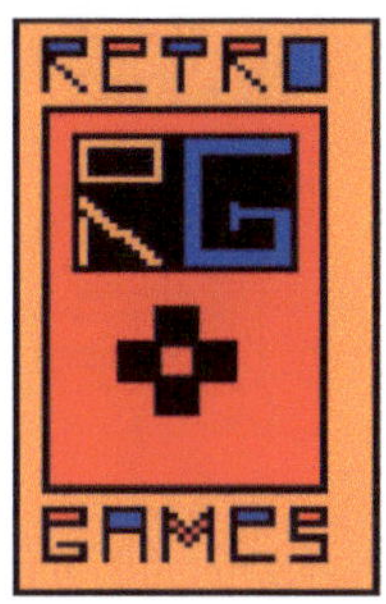

Logo créé par Laura GARNIER

http://lvrgames.rossum.fr

Collège Le Vallon
Avenue de la République
71 401 AUTUN

03.85.52.13.17

http://col71-vallon.ac-dijon.fr

Edition financée par le foyer du collège

Tous droits réservés

Toute reproduction, même partielle,

de ce livre est interdite.

© 2017 Collège Le Vallon

Edition : BoD – Books on Demand, 12/14 rond-point des Champs Élysées, 75 008 Paris

Impression : BoD – Books on Demand, Norderstedt, Allemagne

ISBN : 978-2-322-13987-3

Dépôt légal : mars 2017

Le projet

Parcours créatif

dans le monde du jeu vidéo

2014 – 2016

Les élèves volontaires se sont regroupés au sein d'un club appelé RetroGames afin de réaliser intégralement un jeu vidéo au style rétro et un livre retraçant l'histoire du héros.

L'objectif a été de mutualiser les connaissances et compétences de chacun et chacune dans l'aboutissement d'un projet commun et ainsi valoriser le précieux travail interdisciplinaire.

Le livre contient des clés qui permettent de progresser dans le jeu et le jeu, téléchargeable gratuitement, complète l'histoire du livre. Mais attention ! Seuls les lecteurs et joueurs persévérants accèderont au véritable mystère de Galbinia !

Pour plus d'informations, rendez-vous à la page 137 ou sur http://lvrgames.rossum.fr

Bonne lecture et bon jeu !

L'équipe enseignante porteuse du projet.

L'Odyssée

de

Pluck A3642

CHAPITRE 1

LA PLANÈTE JAUNE

Le Vallon RetroGames

Au début du troisième millénaire de notre ère, la Terre dut faire face à d'énormes problèmes de surpopulation et de pollution. Un gouvernement planétaire, le GP, fut créé. Il était constitué d'un représentant par continent et avait pour mission de prendre des décisions importantes concernant la préservation et la survie de la planète et notamment celle de protéger l'eau, l'or bleu de ce millénaire, hélas, réparti très inégalement sur la planète, ce qui générait de terribles montées de violence. Bientôt les prisons internationales s'avérèrent insuffisantes. Le GP décida alors d'envoyer les prisonniers les plus dangereux sur une plate-forme en orbite autour de la Terre où ils seraient formés et entraînés pour devenir les nettoyeurs de l'espace. La tâche était immense tant l'espace regorgeait de déchets en tout genre. Toutefois, le prisonnier avait le choix de rester dans une cellule, petite et insalubre à perpétuité ou espérer devenir libre au bout de quelques années après avoir survécu dans l'espace.

Mais cette solution ne pouvait être que temporaire. Devant le nombre croissant de criminels de tous pays, un programme de recherches fut envisagé pour étudier les différentes possibilités d'exiler les prisonniers sur de nouvelles planètes à coloniser. Il fallait cependant convaincre les meilleurs scientifiques mondiaux de travailler sur un tel projet. Ils furent convoqués un à un et tous refusèrent par souci d'éthique et de valeurs morales, sauf un, Drufus Excelsius, qualifié d'atypique et qui pourtant était reconnu par tous ses pairs pour son intelligence hors norme. Introverti, il ne parvenait pas à assumer son physique un peu ingrat ce qui l'empêchait d'être bien dans sa peau et de se montrer sympathique avec les autres. Il était petit, sec et ses quelques cheveux poivre et sel autour des oreilles révélaient une calvitie précoce, survenue à la suite de recherches sur des matériaux irradiés. Ce côté taciturne et peu engageant l'avait éloigné de l'intelligentsia scientifique. Le GP dépêcha alors un scientifique militaire pour lui exposer la situation. Drufus Excelsius était occupé, dans le laboratoire du LSRNE, (le Laboratoire Scientifique de Recherche de Nouveaux Espaces) sur des recherches moléculaires en apesanteur, quand un homme entra.

« Hum, Monsieur Excelsius, je présume ?

— Lui-même, répondit Excelsius, sans relever la tête vers le visiteur.

— Je viens de la part du Gouvernement Planétaire. J'ai à vous proposer une mission de la plus haute importance.

— Ah, fit Excelsius, presque distraitement.

— Voilà, continua l'homme pas très à l'aise devant Excelsius, il s'agit de découvrir une nouvelle planète. » Cette fois, Drufus Excelsius, releva la tête et attendit la suite.

« Vous n'êtes pas sans ignorer les problèmes de surpopulation, de répartition d'eau et de violence qui sévissent sur toute la planète ?

— Non, » répondit laconiquement Excelsius. Il y a longtemps, lui, qu'il réfléchissait à ces problèmes. Mais il n'en dit rien.

Son interlocuteur poursuivit en expliquant l'intégralité du projet.

Drufus Excelsius approuva et accepta la mission. Le représentant militaire du gouvernement l'assura, alors, de lui donner tous les moyens, humains, matériels et financiers dont il aurait besoin.

A partir de ce moment-là, Drufus Excelsius mit toutes les chances de son côté pour réaliser l'expérimentation de sa vie. Il conçut des satellites très sophistiqués qui furent lancés dans l'espace munis de capteurs ultra-perfectionnés capables de détecter le moindre signe annonciateur d'une possible vie humaine sur une planète. Durant deux ans, il scruta l'espace sans aucun indice porteur d'espoir et il commençait à douter des capacités des satellites et même de la viabilité de ce projet, quand, une nuit, il fut réveillé par l'un de ses bracelets électroniques avec lesquels il était relié aux capteurs. Les vibrations stridentes et répétitives étaient d'une telle intensité qu'aucun doute n'était permis. Après avoir prévenu ses supérieurs de la précieuse découverte, il réfléchit aussitôt à une expédition de reconnaissance ; la planète paraissait étonnante et semblait offrir une multitude de possibilités.

Une semaine plus tard, il monta à bord d'une fusée, accompagné de deux pilotes de l'espace, expérimentés. Ils restèrent plusieurs mois à sonder les moindres recoins de cette planète jaune et mystérieuse. Puis, ils élaborèrent de nombreux plans d'aménagement dans l'idée d'habiter et de peupler un jour cette planète. D'un commun accord, ils décidèrent de taire la réelle possibilité de coloniser l'intérieur de la planète qui était accessible par un étroit cratère, recouvert d'une eau pure et potable.

De retour sur la Terre, Drufus Excelsius fit part au gouvernement planétaire des différentes étapes de ses recherches, omettant et faussant volontairement des données importantes. Il conclut son rapport en formulant que la vie était impossible sur cette planète, en apportant comme preuve un échantillon prélevé à sa surface composée majoritairement d'un gaz toxique, le dichlore. Toutefois, avant de quitter l'assemblée gouvernementale, Drufus expliqua avoir étudié d'autres planètes plus prometteuses et plus proches de la Terre, sur leur trajectoire de retour. Le GP proposa de débloquer un an de crédit supplémentaire. Et c'était bien ce qu'espérait Excelsius pour peaufiner son projet de peuplement sur Galbinia, nom qui avait été donné à la planète en raison de sa couleur jaune.

Dès lors, dans le plus grand secret, le savant passa tout son temps à préparer sa future expédition.

S'il travaillait officiellement au sein du LSRNE, en réalité, il échafaudait les plans de son implantation sur Galbinia dans un laboratoire personnel qu'il avait aménagé sous sa propre maison. C'était là, que depuis longtemps, il menait de nombreuses expériences génétiques : il était parvenu à améliorer puis à cloner le génome humain. Il ne lui restait plus qu'à trouver le moyen de quitter définitivement la Terre dans des conditions favorables.

Un jour, il entendit parler d'un convoi spatial de prisonniers à exiler. Il s'agissait de pirates informatiques, faussaires, criminels en tout genre. Se joindre à cette expédition ne fut qu'un jeu d'enfant. Ce serait l'occasion rêvée d'étudier le comportement et la résistance des hommes dans l'espace. Il l'avait fait savoir aux autorités du gouvernement planétaire.

On lui accorda naturellement les pleins pouvoirs sur cette expédition.

Après plusieurs mois de préparatifs acharnés et méthodiques et sans que personne ne vînt contrôler quoi que ce soit, tout le matériel fut prêt pour l'implantation de la vie sur Galbinia. Les prisonniers, Drufus et son équipe composée des deux pilotes complices et d'une équipe médicale soigneusement choisie, quittèrent la Terre. C'était le 17 juillet 2157.

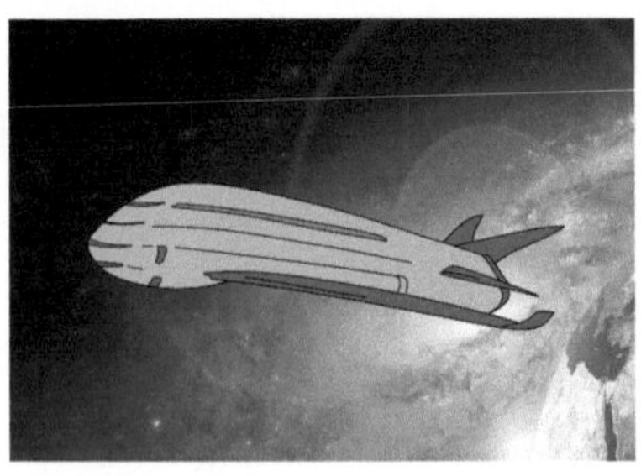

Josua FONTY

Une fois arrivé près de la destination officielle, la plate-forme orbitale conçue pour accueillir les condamnés, le savant coupa toute communication avec la Terre et détourna le vaisseau vers Galbinia.

Dès son arrivée, Excelsius se proclama roi de Galbinia. Une sorte de monarchie absolue fut instaurée. Le savant décidait tout, tout seul. Les pilotes devinrent ses bras droits, exerçant une véritable tyrannie sur les exilés contraints à obéir. Les prisonniers étaient devenus de véritables cobayes. Le personnel médical, soumis et impuissant les soignait sans relâche et obéissait aveuglément à tous les ordres du savant y compris ceux de pratiquer sur eux d'étranges expériences. Ces prisonniers s'épuisaient petit à petit. La surexploitation de leurs corps sur lesquels étaient sans cesse prélevés l'ADN et différents échantillons de leurs organes ne leur permettait plus de recouvrer des forces. Les plus résistants finirent par abandonner tout espoir de revenir sur Terre en citoyens libres.

Un jour, l'un des médecins se rendit dans le bureau de Drufus.

« Monsieur, dit le médecin en entrant énergiquement dans la pièce, puis-je vous parler ? C'est urgent.

— Je vous écoute, comment vont mes expériences, tout se passe comme prévu ? demanda le scientifique sans vraiment laisser le temps à son interlocuteur de parler.

— Justement, je viens vous parler de l'état de santé des prisonniers, il est très inquiétant ! interrompit le médecin.

— Inquiétant ? s'étonna Drufus.

— Oui, affirma le médecin, depuis plusieurs jours, après chaque opération, les patients ont de plus en plus de difficultés à se réveiller. Ils n'ont plus suffisamment de forces pour se lever, la situation devient grave, à ce rythme-là ils vont bientôt mourir et …

— Mourir ! Non ce n'est pas possible, coupa le savant en hurlant.

— Malheureusement, c'est ce qui va se passer, déclara le médecin d'une voix grave. Vous devez faire quelque chose, la survie sur cette planète est en jeu et vous touchez presque au but de votre projet, alors...».

Devant l'air abasourdi de Drufus, le médecin s'arrêta.

Après plusieurs minutes, Drufus prit une décision :

« Dorénavant, vous allez ralentir les prélèvements, je pense que j'ai déjà ce qu'il me faut pour peupler cette planète. »

Drufus Excelsius prit conscience, pour la première fois, de sa folie naissante et de ses excès. Après avoir donné l'ordre de ralentir les expériences, il arrêta définitivement tout prélèvement. Son génie s'épanouissait dans la pouponnière secrète du bâtiment A3642.bcxyzk, pour faire naître des êtres au potentiel illimité. Comme les autres clones plus ordinaires, ils étaient en tout point semblables physiquement aux Terriens, sauf par leur taille qui ne dépassait guère un mètre vingt.

La vie se déroulait à l'intérieur de la planète. Grâce à sa structure alvéolée par les eaux souterraines présentes depuis une époque très ancienne, l'air y était naturellement pur et sain. Drufus Excelsius pouvait alors offrir à chaque habitant, terrien et clones sexués créés en laboratoire, une vie confortable et oisive. Avec l'aide de robots ultrasophistiqués, Galbinia avait été entièrement aménagée telle que le savant l'avait imaginée mais selon des normes très strictes pour ne pas détruire l'environnement naturel. De nombreux bâtiments avaient été construits. Pour y meubler les différents appartements, il suffisait d'agir par la pensée : on jetait une capsule enfermant un souhait et le mobilier se créait spontanément. Il en était de même pour la nourriture. Les Galbiniens avalaient des gélules qui, au contact de la salive, prenaient la forme et le goût de ce qu'ils désiraient. Quant aux travaux de la vie quotidienne, ils étaient assurés par des robots qui étaient de précieux soutiens pour leurs propriétaires.

Tout le monde apprécia cette nouvelle organisation plus respectueuse des hommes et une existence paisible s'installa peu à peu. Plus aucun terrien ne souhaitait repartir tant la vie leur était maintenant agréable. Les Galbiniens consacraient tout leur temps aux loisirs virtuels. Le plus prisé étant sans doute celui qui sollicitait leurs cinq sens grâce à des lunettes 5D. Plus ils pratiquaient ce genre d'activités, plus leurs sens étaient développés, ce qui faisait de ce peuple des êtres hors du commun pour le plus grand bonheur d'Excelsius. Ils aimaient aussi se cultiver sur l'histoire de la Terre grâce aux programmes élaborés par Drufus.

Au cœur de la planète, les déplacements s'effectuaient par téléportation. Pour ceux qui avaient l'autorisation de voyager à l'extérieur, ils empruntaient des capsules en matières inoxydables, vaisseaux qui rappelaient étrangement la forme des symboles des jeux de cartes dont Excelsius avait toujours été un adepte, dès son plus jeune âge. Mais ces déplacements étaient rares et obéissaient à des règles très rigoureuses.

Galbinia beaucoup plus petite que la Terre, avait une forme hexagonale. A chaque angle de la planète, on avait implanté un cristal régénérateur, servant également par ses radiations, d'arme défensive. Ces angles par lesquels on pouvait entrer ou sortir de la planète, étaient protégés par un nuage toxique de dichlore à l'origine de la couleur de la planète et des drones en assuraient la surveillance en permanence. Afin d'éviter toute intrusion ou toute attaque surprise, Excelsius avait greffé une puce sous l'occiput de chacun des habitants. Cette puce permettait d'effectuer en permanence des contrôles d'identité inviolables, mais aussi d'envoyer des informations directement au cerveau et le cas échéant, de modifier le comportement d'un habitant dérangeant.

Vingt-cinq années de prospérité, de progrès scientifiques, d'avancées technologiques et de changements bénéfiques venaient de s'écouler. Le roi qui était devenu vieux et incarnait pour tous un Père Sage et bienfaiteur, un jour, informa les Galbiniens que les flux énergétiques des six cristaux protecteurs de leur planète s'affaiblissaient dangereusement. Il les rassura en leur disant qu'il était possible de régénérer Galbinia grâce à des cristaux identiques qu'il avait repérés sur Terre. Le temps était donc venu d'envoyer en mission un ambassadeur pour les récupérer.

Pour en savoir plus sur …

L'espace et ses déchets

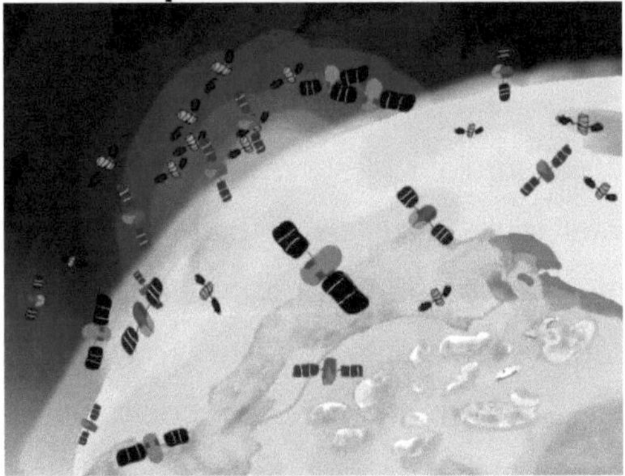

Irina ZILBERMANN

Dégâts : L'humanité a disséminé dans l'espace des milliards de déchets d'origine terrestre se plaçant sur les orbites basses et hautes de la Terre.

Importance : Notre système solaire est parasité par 180 tonnes de déchets qui, pour la plupart, tournent en orbite autour des planètes et de leurs satellites. Il y a de tout : on retrouve près de 2000 restes de fusées, des satellites hors d'usage, ou encore des câbles ; plus insolites, des aiguilles déployées par les Etats-Unis pour brouiller les satellites russes pendant la guerre froide, des appareils photo ou encore des balles de golf publicitaires.

Danger : Aujourd'hui, aucun vol spatial n'est à l'abri d'une collision destructrice avec un déchet. Sur Terre, nul non plus n'est à l'abri d'un déchet tombé de plus haut que le ciel. Les déchets spatiaux contribuent également à la pollution lumineuse de l'espace et perturbent les observations des astronomes. Les réacteurs nucléaires embarqués sur les satellites masquent le bruit de fond radioactif du cosmos en émettant des flux de rayons gamma artificiels même quand les satellites ne sont plus en fonction.

Loi : Seule lueur d'espoir, l'humanité comprend désormais l'urgence à agir pour nettoyer l'espace et prévenir à la source la production de déchets.

CHAPITRE 2

FACE À LEUR DESTIN

Laura Garnier

Drufus Excelsius, de bon matin, diffusa l'information à tout son peuple : quatre élus du bâtiment secret A3642.bcxyzk avaient été sélectionnés pour participer à des épreuves de labyrinthe virtuel en vue d'envoyer le vainqueur en mission sur Terre. Ils devraient s'affronter en utilisant leur pouvoir surdéveloppé. Flight A3642, élu n°1, était rapide comme la lumière ; Humper A3642, élu n°2, pouvait sauter aussi haut qu'il le souhaitait ; Pluck A3642, élu n°3, possédait le don de prémonition, quant à Firest A3642, élu n°4, il maîtrisait l'art du feu.

Au son de trompettes numériques, on annonça le commencement des épreuves. Le peuple galbinien, les yeux rivés sur les écrans, pouvait suivre avec enthousiasme les affrontements en temps réel. Déjà, les paris allaient bon train. Le roi ordonna que les élus se placent devant les quatre portes du labyrinthe qu'il commandait secrètement depuis son ordinateur personnel ; ainsi, il pouvait si cela s'avérait nécessaire, modifier le déroulement des épreuves à sa guise.

Partout, le silence régnait sur la planète.

Les portes des élus n°1 et n°3 s'ouvrirent. Tous deux se retrouvèrent sur un damier constitué de cases rouges et bleues. Certaines de ces cases s'enfonçaient dès qu'on les effleurait et provoquaient la disparition immédiate de celui qui se trouvait dessus. Flight se précipita, sûr de sa puissance et de sa rapidité, mais son pouvoir le desservit, il disparut.

Josua FONTY

Pluck A3642 avança avec prudence. Devant chaque case, il prit le temps de ressentir ce qu'il éprouvait au plus profond de lui ; depuis sa naissance, une cicatrice au front l'avertissait des dangers imminents ; là, devant chaque case, de légers frémissements lui permirent d'éviter les pièges et d'arriver au bout du damier. Une porte s'ouvrit. Apparut une rivière très agitée au-dessus de laquelle, en travers, était tendu un fil d'acier. Une corde se déroula devant lui, il l'attrapa d'une main. C'est alors qu'il aperçut l'élu n°2 sur sa droite qui attrapait une corde identique à la sienne. Tous deux s'élancèrent en direction du fil d'acier. En équilibre, de leur main libre, ils s'affrontèrent dans un corps à corps sans merci. Humper blessa Pluck au front, lui provoquant une plaie profonde et douloureuse à l'endroit même où il avait depuis toujours cette étrange cicatrice inexpliquée. Flight en profita pour sauter sur Pluck et le faire chuter. Mais ce dernier eut le réflexe de se coucher sur le fil et de s'y agripper. L'adversaire déséquilibré lâcha sa corde et chuta dans les eaux tumultueuses et profondes. Pluck traversa la rivière avec d'infinies précautions. Lorsqu'il fut de l'autre côté, une porte, invisible jusqu'alors, s'ouvrit devant lui. Il parcourut quelques couloirs et parvint dans une grande salle, sorte de grotte, séparée en deux par un mur de glace. L'issue était de l'autre côté. Il aperçut derrière une vitre, Firest, l'élu n°4 qui devait affronter la même épreuve. L'œil narquois, il guettait les premiers gestes de Pluck. Persuadé de ses capacités à faire fondre le mur en un éclair, il savourait déjà sa victoire. Il lança une première boule de feu, mais le mur de glace lui résista. Il en lança d'autres qui n'eurent pas plus d'effet. Pendant ce temps, Pluck utilisa ses mains à six doigts et ses pieds munis de griffes rétractables à volonté. Avec cette excellente prise, il escalada le mur aussi bien qu'un alpiniste chevronné. De l'autre côté du mur une porte s'ouvrit sur la lumière. Pluck se retrouva dehors. Le peuple salua le vainqueur par une formidable ovation. Le roi et son fidèle conseiller Liery, le tout premier clone conçu par Drufus, vinrent le féliciter mais ni l'un ni l'autre ne semblaient surpris par cette victoire. Tous les deux connaissaient les formidables capacités d'adaptation de Pluck. Si, comme les trois autres élus, il avait surdéveloppé son pouvoir principal, il avait été le seul à pouvoir supporter les modifications organiques qu'Excelsius lui avait greffées aux pieds et aux mains: des palmes, des griffes et des ventouses rétractables. Outre la possibilité de modifier sa taille à loisir, il avait, en plus, la capacité de changer la couleur de ses cheveux en fonction de son humeur. C'est pourquoi le savant connaissait déjà l'issue du choix des prétendants. Ce jeu-concours n'était qu'une pure formalité, une cérémonie pour officialiser devant le peuple, le futur sauveur de la planète.

Satisfait, le roi commença l'adoubement du vainqueur. Il remit à Pluck trois objets aux pouvoirs très précieux qui devaient l'accompagner dans sa mission sur Terre:

- un stylo dont l'extrémité hexagonale permettait à la moindre pression d'avoir accès à des programmes ayant pour but de faciliter son adaptation sur la Terre et qui lui apparaissaient sous la forme d'hologrammes.

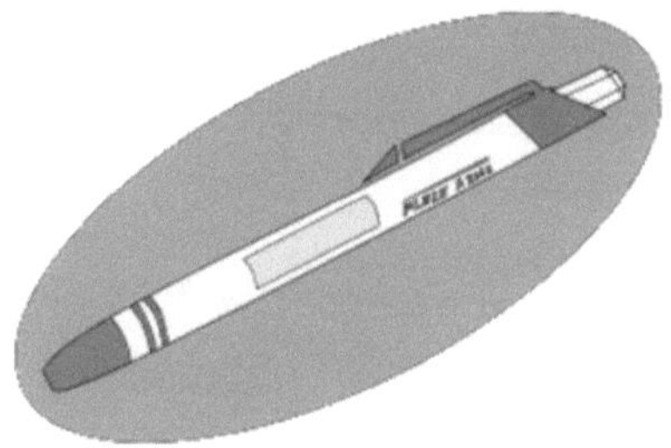

Josua FONTY

- un vêtement qui lui donnait le pouvoir de s'adapter à son environnement.

- une sacoche invisible qui permettait de stocker les cristaux et le nécessaire à cette mission.

La cérémonie terminée, le roi entraîna Pluck et Liery, dans le laboratoire du bâtiment A3642.bcxyzk.

Laura GARNIER

« Pluck, l'avenir de notre planète est maintenant entre tes mains, expliqua très sérieusement Drufus. Mais tu ne seras pas seul ; Liery que tu connais sans doute un peu, sera là pour t'épauler durant ce périple sur Terre.

— Je serai un peu ton protecteur, ajouta Liery avec un grand sourire, et grâce à mon pouvoir de dédoublement, je pourrai te suivre quel que soit l'endroit où tu iras.»

Pluck ne disait rien, encore grisé par le gain des épreuves.

Drufus reprit : « Liery sera chargé de transmettre toutes les informations nécessaires concernant l'avancée de tes découvertes. Nous serons en contact permanent. J'ai tout consigné dans un programme que je vais vous implanter grâce à cette nouvelle puce à laquelle tu auras accès par écran mental. Pluck, as-tu des questions ?

— Je suis très honoré d'être celui qui pourra permettre de préserver Galbinia et ravi d'être accompagné par le plus ancien d'entre nous, Liery.

Juste une petite requête, vais-je pouvoir emmener mon robot avec moi ?

- Non, il serait inutile sur Terre et tu ne pourrais pas utiliser toutes ses fonctions. Mon programme et les trois objets que nous t'avons confiés te seront bien plus utiles, ajouta Drufus. Maintenant, il est temps de vous intégrer cette fameuse puce.»

Il fit venir l'un des médecins qui travaillait dans le bâtiment A3642.bcxyzk et ce dernier injecta la micro-puce sous l'occiput de chacun des voyageurs. Ils étaient enfin prêts pour le grand départ.

Josua FONTY

Aidés de leurs fidèles robots, les deux Galbiniens préparèrent leur premier voyage interplanétaire et leur vaisseau qui, pour Pluck avait la forme d'un trèfle à quatre feuilles et pour Liery, celle d'un as de pique.

Ils partirent sous l'ovation du peuple. Ils empruntèrent des conduits qui les menèrent vers l'une des six sorties dont ils purent franchir le nuage toxique grâce à leur capsule ultra-résistante. Ils eurent encore à passer les dernières zones de contrôles surveillées par les drones puis en une fraction de seconde, ils se retrouvèrent dans l'espace. Sur leurs écrans, apparut la planète Terre ; un tout petit point rouge clignotant leur indiquait leur premier lieu d'atterrissage programmé par le roi. Tout semblait sous contrôle.

Pluck eut soudain la vision de deux vaisseaux s'entrechoquant. Sur son écran, il remarqua alors la trajectoire folle du vaisseau de Liery qui se dirigeait sur lui.

« Liery, que se passe-t-il ? Ton vaisseau semble changer de trajectoire, s'étonna Pluck.

— Tout va bien Pluck, ne t'inquiète pas, je contrôle la situation, ajouta Liery avec une voix étrange.

— Mais tu ne contrôles rien du tout. Mon radar annonce tout le contraire, tu te diriges droit sur moi! » hurla Pluck.

Il était évident que Liery voulait anéantir Pluck en le percutant. En effet, tout engin harponné par les vaisseaux en as de pique était immédiatement détruit. Avant le départ, Liery avait dû saboter le vaisseau de Pluck car celui-ci ne pouvait pas avancer à sa véritable vitesse. Pour éviter que Liery ne le rattrapât, il décida de passer dans un champ d'astéroïdes en espérant le distancer. Grâce à leur talent de pilote, ils réussirent l'un et l'autre à en sortir indemnes, tout en frôlant et percutant de nombreux astéroïdes qui provoquèrent de gros dégâts matériels.

Pluck était maintenant en chute libre en direction de la Terre, il se rapprochait à la vitesse de la lumière et son appareillage de bord, bien qu'altéré, lui indiquait des coordonnées très précises pour son atterrissage. C'est alors que Liery surgit de l'espace et percuta Pluck sur le côté.

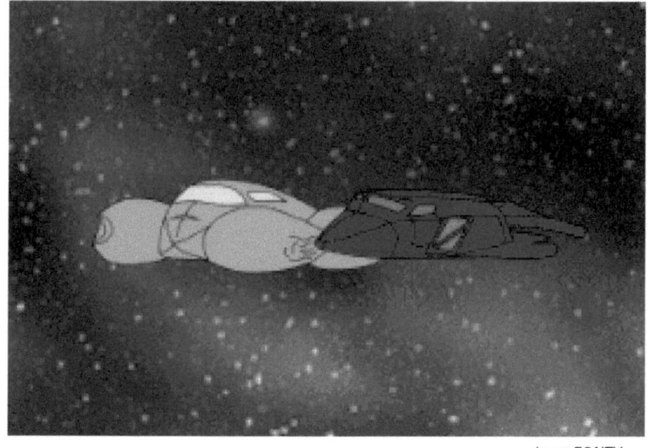

Josua FONTY

La puissance du choc accéléra la propulsion du vaisseau de Pluck vers la Terre et le jeune Galbinien atterrit au pôle Nord tandis que son rival s'enfonçait, lui, dans la Mer de Chine.

CHAPITRE 3

AU CŒUR DES FJORDS

Jade ARIBI

Le héros sortit péniblement de sa capsule endommagée. Il consulta son stylo qui fit apparaître une carte avec un point qui ne cessait de scintiller. Les coordonnées de localisation étaient très claires. Après plusieurs heures de marche, il arriva au bord d'un fjord où le point ne cessait de bouger. Pluck se concentra sur son écran mental. Un message provenant de la puce lui indiqua : « Un animal t'aidera à trouver le cristal de l'eau ». Plusieurs images fugaces apparurent tour à tour : un narval, un pingouin, un pêcheur. Il aperçut alors une masse qui s'agitait et s'approchait de la rive. Le narval, sans doute... Son stylo émit des vibrations de plus en plus fortes. Il devait parvenir à se rapprocher de ce cétacé pour mener à bien sa mission. Il sortit de sa sacoche invisible sa combinaison spéciale et plongea sans risque dans les eaux glacées du fjord.

Le narval se déplaçait en zigzaguant, il était difficile de l'approcher. Pluck le suivait tant bien que mal quand il aperçut deux pistes creusées dans la banquise. Sur celle de gauche, se trouvait un pingouin et sur celle de droite, un phoque. Il se rappela alors sa vision et put prendre la bonne direction. Pluck retrouva le narval mais bientôt il perdit sa trace parmi les nombreux icebergs flottants. Il guetta un signe, une vibration, quand il vit au loin un pingouin sur une banquise. Confiant, il voulut se diriger vers lui mais à l'opposé, un inuit pêchait tranquillement. Pluck hésita. Le narval réapparut en direction du pêcheur. Pluck fit quelques brasses. L'animal ralentit sa course ; une communication semblait s'établir entre eux. Le narval se laissa approcher ; Pluck en profita pour plonger et faire le tour du mammifère. Il remarqua alors une lumière bleue intense émanant de la longue dent du narval. C'était bien le cristal de l'eau. L'émail avait repoussé et entourait le cristal. Comment avait-il pu se retrouver là, figé dans la dent de l'animal, tel un écrin protecteur ? Il ne le saurait peut-être jamais mais il devait trouver un moyen de le récupérer. Au bout de longues heures de jeu avec le cétacé, Pluck parvint enfin à le dégager en entaillant quelque peu la dent. Il rangea aussitôt le cristal sous sa combinaison, dans sa précieuse sacoche invisible.

Le narval libéré de cette gêne entra dans une danse frénétique puis revint vers Pluck. Il émit alors une multitude de sons. Pluck les enregistra avec son stylo. Le message suivant apparut alors:

20-21 13'-1- 9   12-9-2-5-18-5   4-5 13-15-14 6-1-18-4-5-1-21, 10-5 22-1-9-19   20'1-9-4-5-18.

Pluck le décoda rapidement, il suffisait juste de connaitre l'alphabet. Il se hissa alors sur le dos du narval qui allait lui permettre de poursuivre sa mission. Le cétacé le conduisit à travers les mers, bravant les courants et les sous-marins jusqu'au continent américain aux paysages aussi variés que surprenants.

Pour en savoir plus sur ...

Le fjord

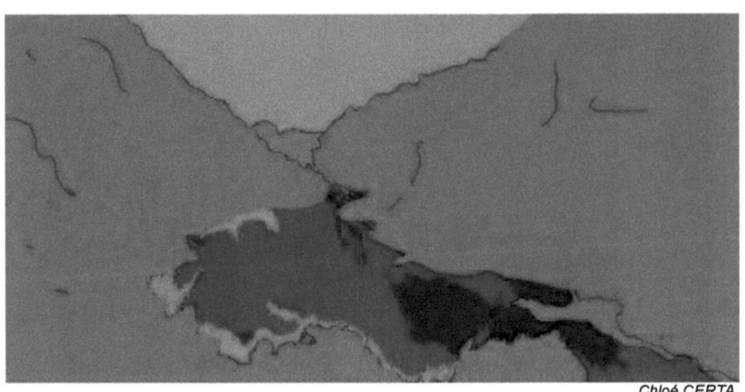

Chloé CERTA

Nom : Fjord ou Fiord

Qu'est-ce que c'est ? : C'est une vallée uniquement érodée par un glacier avançant de la montagne à la mer.

L'aspect typique : C'est celui d'un bras de mer étroit, s'avançant dans les terres sur plusieurs kilomètres et parfois même jusqu'à plusieurs dizaines de kilomètres.

Eaux du Fjord : Les eaux d'un fjord sont généralement saumâtres car elles correspondent à un mélange entre de l'eau de mer salée et de l'eau provenant des rivières qui s'y jettent. Ses cours d'eau sont souvent alimentés par la fonte des neiges, des glaciers ou encore issus de lacs.

Particularité de l'eau : La salinité et la température de ces deux eaux étant très différentes, elles se mélangent peu. L'eau douce reste en surface car elle est moins dense que l'eau salée.

Le narval

Nom : Narval
Nom scientifique : Monodon monoceros
Surnom : Le narval est surnommé la Licorne des Mers.
Famille : Il appartient à la famille des cétacés.
Taille : L'animal mesure 4 à 5 mètres de long.
Vie : Il vit en groupe.
Lieu : On le trouve dans l'océan Arctique.
Caractéristique : Les mâles possèdent une unique défense torsadée, issue de l'incisive supérieure gauche. Cette défense peut mesurer jusqu'à trois mètres de long.
Analyse de cette défense : Cet organe sensoriel possède des propriétés et des fonctionnalités uniques dans la nature ; l'émail est à l'intérieur et la pulpe à l'extérieur. Il contient une dizaine de millions de terminaisons nerveuses qui partent du nerf central, au cœur de la dent, et se rendent jusqu'à l'extérieur de la dent. Cette dent est donc un organe de détection sensorielle extrêmement sensible qui paradoxalement, baigne dans des eaux glacées. Autre fait particulier, cette dent qui est en apparence rigide, est en fait flexible. Une dent de 2,40 m de longueur peut se courber jusqu'à 0,30 m dans n'importe quelle direction sans se briser.

Si elle est abîmée, elle peut se réparer jusqu'à un certain point, mais si elle se casse, elle ne repoussera pas. L'émail étant très fin, la dent se casse facilement : le mâle peut alors réaliser un « plombage » pour éviter la formation d'une carie. Il peut combler le trou à l'extrémité de la dent par des graviers ou provoquer un jeune mâle en duel pour que ce dernier mette l'extrémité de sa « corne » dans le trou de sa dent, puis la briser, formant ainsi un bouchon.

CHAPITRE 4

PÉRIPLE EN AMAZONIE

Le Vallon RetroGames

Après un long voyage, le narval déposa Pluck au Nord du Canada et par une dernière « danse », il lui fit comprendre qu'il ne l'oublierait jamais. Le héros consulta son stylo et réalisa la distance qui le séparait du prochain cristal dissimulé en Amérique du Sud. Il mesura la complexité de la tâche qui l'attendait pour trouver l'objet précieux au cœur de la forêt amazonienne. D'après les données de sa puce, ce cristal portait le nom de cristal des Plantes, tout un programme !

La téléportation étant impossible sur Terre, il dut se procurer un autre moyen de transport. Il se concentra sur son écran mental qui lui révéla un plan pour construire lui-même une moto supersonique à partir de pièces détachées et lui indiqua les coordonnées du cimetière industriel le plus proche.

Ses cheveux devinrent roux et sa cicatrice le fit atrocement souffrir ; il pressentait un danger qu'il avait du mal à identifier... Pluck était inquiet, il avait des visions étranges, le conseiller du roi, Liery, était-il sain et sauf et était-il revenu pour lui nuire de nouveau ? Tout était confus dans son esprit et Pluck n'était pas habitué à ces sentiments inconnus sur Galbinia. Il pensa que son esprit était troublé par l'atmosphère terrestre et décida de se concentrer sur la recherche du cimetière industriel. Quelques heures plus tard, il découvrit un entrepôt où de nombreux véhicules gisaient au sol. Conformément au plan, il sélectionna les matériaux dont il avait besoin. Toujours guidé, il assembla le tout et élabora un engin extrêmement puissant.

Pluck fut ravi de découvrir la réalité des véhicules terrestres.

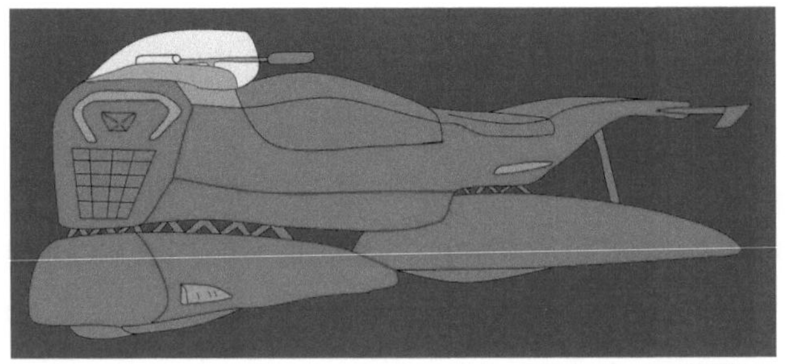

Josua FONTY

Il enfourcha sa moto et rapidement se retrouva à l'orée de la forêt amazonienne dans laquelle il pénétra profondément. Il se fraya un chemin dans les sous-bois, au cœur d'une végétation luxuriante. Puis, Pluck s'arrêta, descendit de ce véhicule surprenant et le cacha dans un buisson très épais. Grâce au système de localisation paramétré sur son stylo, il pourrait le retrouver facilement.

L'abondance de végétation le stupéfia. Il observa avec prudence tout ce qui l'entourait. Quelques cris d'animaux perçaient le silence : puma, jaguar, perroquets et serpents semblaient le guetter. Redoublant de prudence, dans un environnement inconnu, il ne prêta plus attention aux signes avant-coureurs de sa cicatrice. La douleur était inhibée par la découverte de ce monde inattendu. C'est alors qu'il posa son pied gauche sur une forme qui se rebella aussitôt et le mordit à la cheville. Il avait dérangé une araignée, Theraphosa blondi, en pleine digestion. Pluck s'évanouit, au beau milieu de la forêt tandis que l'arachnide se faufilait pour rejoindre un endroit plus calme. Le jeune Galbinien se réveilla au bout de plusieurs heures. Il se trouvait sous un carbet, couché dans un hamac. Une femme était à son chevet et pansait la plaie de sa cheville avec une compresse imbibée d'une décoction au parfum de plantes. Pluck se sentait étrange et avait du mal à bouger le pied gauche totalement engourdi. Il se remémora les événements passés. L'importance de sa mission lui revint à l'esprit et le pressa de poursuivre sa route le plus rapidement possible. Il pensait déjà à remercier ses hôtes, mais avant même qu'il n'eût le temps de se redresser, un vieil homme, le sorcier du village, s'approcha de lui. Il commença à lui parler en montrant le stylo trouvé à ses pieds. Aussitôt Pluck s'en empara et actionna la traduction simultanée des propos du sorcier. Ce dernier lui prit la main et s'adressa à lui avec une infinie gentillesse :

« Je t'ai reconnu, tu es le Galbinien qui cherche le cristal et je peux t'aider.

— Mais comment savez-vous qui je suis et d'où je viens? s'étonna Pluck.

— C'est une longue histoire, tu n'as pas le temps de l'entendre mais tu comprendras bientôt ces mystères, ajouta le vieil homme. A présent écoute-moi et tu trouveras le cristal. Il se cache dans un arbre au cœur de la forêt amazonienne, dans une zone où poussent des Epéruas Falcata. A toi de deviner lequel. Je ne peux te révéler qu'un seul indice: l'arbre est l'enfant de trois femmes, l'aïeule, la mère et la fille, quant à son sang de la couleur du cristal, il te confortera.»

— Je ne comprends pas, répondit Pluck qui était totalement perdu face à ce message sibyllin.

— Tu sauras trouver la solution, je le sais. Ma fille t'accompagnera jusqu'à l'orée de cette forêt. Adieu jeune Galbinien, bonne chance ! » ajouta le vieillard en lui serrant chaleureusement la main.

Pluck reprit son chemin avec la fille du sorcier qui le conduisit à l'entrée du lieu sacré protégé par les Dieux du peuple Goujajara. Avant de le quitter, elle lui offrit une fiole très précieuse qu'il ne devait utiliser qu'en cas d'urgence vitale. Pluck ne savait comment se comporter pour la remercier ; il prit la fiole et s'inclina devant la jeune femme comme il l'avait vu faire, sur Galbinia, dans les films venus de Terre. Mais il était temps pour lui de poursuivre sa mission.

Le message obscur s'éclaircit peu à peu au cœur de cette forêt verdoyante. Il comprit que le sang de l'arbre, c'était sa sève.

Sa cicatrice l'alerta. Une douleur intense le paralysa. Il eut alors plusieurs visions. Il se vit en train d'entailler des milliers de troncs sans résultat. Il reprit ses esprits comprenant que la tâche serait insurmontable. De nouveau sa cicatrice le fit souffrir et il se vit devant un arbre qu'il entaillait avec énergie mais ce dernier était habité par un essaim de frelons qui l'attaquaient. Puis ce fut le tour d'un second arbre, mais à peine eut-il approché son couteau que des milliers de fourmis rouges géantes tentaient de le piquer. Au troisième arbre, il se vit en train d'affronter une attaque de chauve-souris vampires qui voulaient le mordre et l'anéantir. Pluck s'effondra sur le sol. Ses cheveux devinrent tout blancs. Il découvrait le sentiment de peur, jamais éprouvé jusque là. Sa cicatrice était plus douloureuse que jamais. Il se concentra et comprit qu'il n'avait pas droit à l'erreur. Il devait trouver le bon arbre du premier coup. Alors il eut une dernière vision dans laquelle des arbres bougeaient et formaient une sorte de figure géométrique à trois pointes. Revenu à la réalité, il lança une recherche sur cette forme. C'était un triquetra, un symbole d'une civilisation très ancienne qui représentait les trois phases de la lune. En approfondissant ses investigations, Pluck comprit que ces trois phases coïncidaient avec les trois âges d'une femme: la jeune femme, la mère et la grand-mère. Il avait trouvé la solution à l'énigme: les arbres étaient agencés d'une certaine façon dans cette forêt. Ce n'est qu'en prenant de la hauteur qu'il pourrait se repérer.

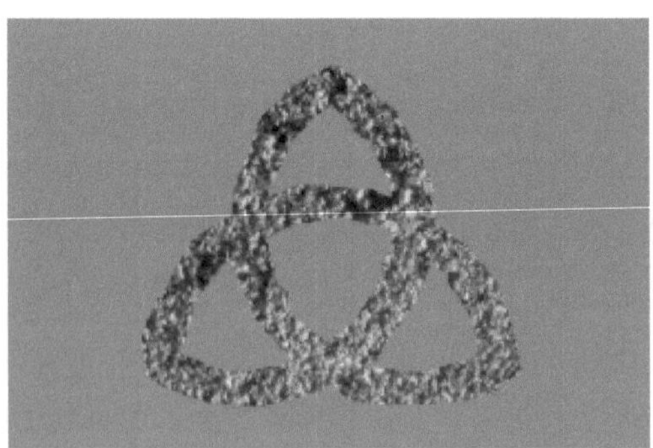

Il lui fallait un animal capable de voler afin d'observer du ciel cette configuration. Il aperçut alors un gigantesque condor. «Cet animal pourrait faire l'affaire», pensa t-il. Il observa qu'il effectuait d'incessants cercles concentriques autour de la cime d'un arbre, toujours le même. Pluck utilisa ses pieds à ventouses et grimpa le long de cet arbre, là il découvrit le nid du condor. Il actionna son stylo pour adapter sa taille en fonction de celle de l'animal, puis il chercha la bonne fréquence pour entrer en communication avec lui. Les signaux sonores rassurèrent l'animal et l'attirèrent vers Pluck qui put monter aisément sur son dos et observer la forêt pendant que le condor poursuivait la surveillance de ses œufs.

Aussitôt, Pluck remarqua une zone plus claire que les autres dont la forme ressemblait au symbole du triquetra. En son cœur un arbre se distinguait des autres, plus petit que ses congénères. Il guida le condor qui le déposa au pied de cet arbre. Sa cicatrice n'émit aucun signe d'alerte. Il était sûr de lui. Il entailla délicatement son tronc. Au bout de quelques secondes, une sève abondante s'écoula. Puis l'arbre s'ouvrit sous les yeux ébahis de Pluck et libéra un magnifique cristal vert émeraude. Il le saisit promptement et le mit à l'abri dans son sac invisible. L'arbre se referma et poussa d'un seul coup.

Fasciné par ces métamorphoses, Pluck en avait presque oublié la suite de sa mission. Il eut une sorte de frisson comme s'il se sentait toujours étrangement observé et pourtant rien autour de lui ne l'informait d'un éventuel danger. Mais la troisième étape l'attendait : il consulta son stylo pour en connaître les détails. Il était temps pour lui de quitter cette forêt. A distance, grâce à son stylo, il intégra sur sa moto un plan de survol de la forêt. Bientôt, l'engin atterrit aux pieds du Galbinien. Il monta dessus, prit de la vitesse et ne put éviter l'arbre apparu soudain sur sa trajectoire. Pluck le traversa dans un éclat de lumière émeraude. Il venait de franchir des milliers de kilomètres et le Mont Saint Michel l'attendait maintenant.

Pour en savoir plus sur ...

Theraphosa

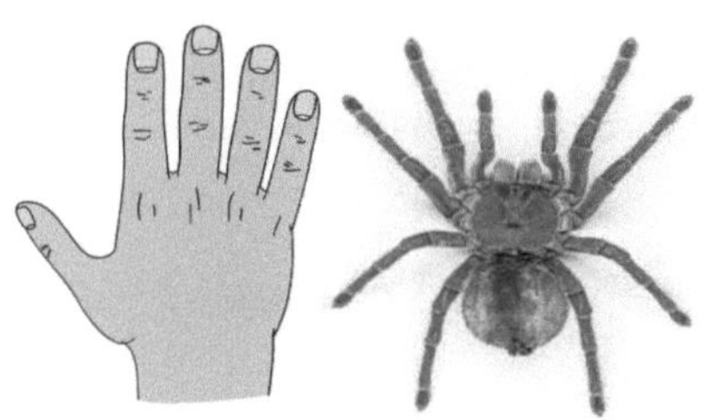

Wikipédia

Nom : Theraphosa blondi, mieux connu en français comme araignée Goliath ou mygale de Leblond.

Espèce : C'est une espèce d'araignées mygalomorphes de la famille des Theraphosida.

Lieu : Cette espèce se rencontre au Guyana, au Brésil, au Venezuela et en Guyane.

Habitat : Elle vit dans la forêt tropicale humide.

Taille et poids : C'est la plus grande espèce de mygale découverte à ce jour avec 30cm d'envergure, pour un poids de 120 à 130 grammes voire 170 grammes

Apparence : Elle est de couleur marron, la coloration varie à l'approche d'une mue, ou juste après celle-ci. On la reconnaît facilement à sa taille hors du commun et son céphalothorax, qui, contrairement à celui des autres mygales, est parfaitement rond.

Alimentation : Jeune, elle mange des insectes de tailles variées, même plus gros qu'elle (blattes, grillons, criquets) ; adulte, elle se nourrit de tout ce qu'elle peut attraper (oiseaux, insectes, grenouilles, petits mammifères, voire des serpents).

Mode de vie : Vivant en milieu humide, cette araignée creuse son terrier profondément dans le sol ou utilise un terrier abandonné. Elle chasse à l'affût, au sol, et n'est active que la nuit.

Reproduction : La stridulation peut servir à la reproduction, la femelle choisissant, en général, le mâle dont le chant est le plus puissant, mais elle sert également à éloigner un mâle rival (production de « combats de chants » entre mâles grillons pour la domination d'une hauteur, d'une branche, etc.). La ponte est de 100 à 400 œufs avec une maturation de moins de deux mois.

Morsure : Délivré par des crochets de 2 cm, son venin est neurotoxique mais peu actif sur l'être humain. Néanmoins, la taille et la force des crochets provoqueront une forte douleur en cas de morsure.

Espérance de vie : Les femelles ont une espérance de vie de 6 à 15 ans (record de 28 ans en élevage). Les mâles de 3 à 6 ans.

Le carbet

Mikaël TOMICKI

Qu'est-ce que c'est ? : Le carbet est un abri avec des poteaux et un toit souvent en bois. Il est possible d'y accrocher des hamacs pour se reposer.

La photo : Carbets de l'île aux lépreux sur le fleuve Maroni en Guyane. Les bagnards qui avaient la lèpre étaient envoyés sur cette île. A présent, leurs habitations ont été transformées en carbets et accueillent les personnes qui souhaitent pique-niquer, pêcher ou tout simplement faire la sieste dans un hamac.

Eperua falcata

Dominique STRASBERG

<u>Origine du nom et de l'espèce</u> : Eperua falcata (Wapa en créole guyanais, Wallaba en anglais) est une espèce d'arbre de la famille des Caesalpiniaceae, ou des Fabaceae selon la classification phylogénétique.

<u>Lieu</u> : On le trouve en Guyane, au Suriname, au Guyana, au Venezuela et dans le nord de l'Amazonie brésilienne. On le retrouve dans les forêts en fin de succession.

<u>Informations</u> : Eperua falcata est un arbre possédant une croissance rapide.

<u>Importance</u> : En Guyane, il est l'espèce la plus représentée. En effet il recouvre à lui seul environ 10 % de la population totale des arbres retrouvés sur le littoral du plateau des guyanes. Au Guyana, il forme des forêts quasi monospécifiques, les Wallaba forests.

<u>Utilisation</u> : Malgré son abondance et sa bonne régénération, Eperua falcata n'est pas une espèce très exploitée par l'industrie forestière guyanaise car il a tendance à éclater à l'abattage et en scierie. Il est toutefois utilisé traditionnellement pour faire des bardeaux. Il est également utilisé au Guyana pour faire des poteaux.

<u>Fruit</u> : Son fruit est nommé Eperu, qui signifie Sabre en créole. Son nom provient de la forme du fruit, qui ressemble effectivement à un sabre ou à une demi-lune. Les fleurs et les fruits rendent l'identification de l'arbre facile pendant une bonne partie de l'année.

Les peuples indigènes

Chloé CERTA

Nom : Povos indigenas en portugais.
Premier nom : Indiens.
Lieu d'avant : Les premiers explorateurs les ont trouvés au Brésil vers 1500.
Lieu d'aujourd'hui : La structure tribale ne se rencontre plus que dans des endroits retirés de la forêt amazonienne ; 215 peuples indiens sont actuellement localisés, majoritairement, dans l'ouest et le nord de l'Amazonie.
Mode de vie : Semi-nomade.
Mode de vie d'aujourd'hui : La quasi-totalité de la population indigène adopte le mode de vie européen.
Activités de subsistance : Chasse, pêche, cueillette, agriculture.
Langue : Le nombre de langues distinctes identifiées par les ethnologues pour le Brésil est de 235 dont 188 toujours vivantes.
Loisirs : Ils manient le boomerang avec beaucoup de dextérité et jouent de la musique.

Les chauves-souris vampires

Pixabay

Nom : Les chauves-souris de la sous-famille des Desmodontinae sont appelées communément vampires car elles se nourrissent de sang (hématophages).

Espèces : Il existe seulement trois espèces de chauves-souris vampires : le vampire commun (Desmodus rotundus), le vampire à pattes velues (Diphylla ecaudata) et le vampire à ailes blanches (Diaemus youngi). Les trois espèces sont très différentes les unes des autres.

Pays d'origine : Elles sont originaires des zones tropicales du continent américain, principalement du Mexique, du Chili, du Brésil et de l'Argentine.

Habitat : Les chauves-souris vampires vivent en général dans des endroits très sombres comme les grottes ou les caves.

Nourriture : Ces chauves-souris s'attaquent assez rarement à l'homme. Elles se nourrissent aussi de petits insectes comme les moustiques. Elles ont besoin de sang au moins une fois par semaine.

Caractéristiques : Contrairement aux chauves-souris frugivores, les vampires ont un museau court et conique, muni de capteurs infrarouges. Elles possèdent de petites oreilles et une courte queue. Leurs incisives sont spécialement conçues pour découper la chair et leurs molaires sont moins développées que chez leurs sœurs frugivores. Le système digestif est aussi adapté à leur régime liquide. La salive de ces chauves-souris contient une substance, la draculine, qui possède un pouvoir anticoagulant.

Chasse : Les chauves-souris vampires sont des animaux nocturnes. Lorsque la chauve-souris a repéré une proie (un animal endormi), elle atterrit et s'approche par le sol. De récentes études montrent qu'elle peut alors atteindre une vitesse de 1 à 2 mètres par seconde. Ses capteurs infrarouges lui serviraient à repérer ses proies.

Maladie : La chauve-souris vampire est un vecteur important de la rage qui, outre son danger pour l'homme, est responsable de la mort de plusieurs milliers d'animaux de ferme dans l'Amérique tropicale et subtropicale.

Actualité : En 2011, la chauve-souris fit une victime humaine aux États-Unis, celle-ci décéda après la durée d'incubation de la rage.

Légende : Contrairement à la croyance populaire, le vampire lape le sang plutôt qu'il ne le suce.

Un triquetra

Irina ZILBERMANN

Origine : Ce mot vient du latin tri-, « trois » et quetrus, « coins ».

Qu'est-ce que c'est : C'est un symbole constitué de trois vesicae piscis : c'est l'intersection de deux cercles de même diamètre dont le centre de chacun fait partie de la circonférence de l'autre. Il est parfois accompagné d'un cercle intérieur ou extérieur. Cette forme a été utilisée pour symboliser des groupes de trois objets ou de trois personnes.

Lieu de découverte : Le triquetra a été trouvé sur des pierres runiques d'Europe du Nord, et sur des monnaies germaniques anciennes. Il avait vraisemblablement une signification religieuse, liée à la mythologie germanique.

<u>Dans le texte</u> : Pour certains peuples d'Amazonie, il était le symbole de la déesse mère, associée aux phases visibles de la lune, incarnant la vie de la femme.
La lune montante représenterait la jeune fille
La pleine lune : la mère
La lune décroissante : la vieille femme
La lune noire (nouvelle lune) : la mort

Le condor

Pixabay

<u>Nom</u> : Condor
<u>Origine du nom</u> : Le terme condor provient de l'espagnol, lui-même emprunté au quichua Kuntur. Il est représenté dans les géoglyphes de Nazca.
<u>Origine de l'espèce</u> : Condor est à l'origine un nom commun masculin qui désigne deux espèces d'oiseaux de proie de type charognard :
   - le Condor de Californie (Gymnogyps californianus)
   - le Condor des Andes (Vultur gryphus).
<u>Caractéristiques du condor</u> : Les condors sont de grands oiseaux de proie principalement charognards d'Amérique caractérisés par des ailes d'une très grande envergure pouvant aller jusqu'à 3,60 mètres.

CHAPITRE 5

LES SECRETS DU MONT

Josua FONTY

Quand il arriva sur ce nouveau continent, il se trouvait au cœur d'un village. Face à lui, la mer avait tout recouvert sauf une colline surmontée notamment d'une magnifique abbaye. Il poussa la porte d'une brasserie... A cet instant, sa cicatrice l'alerta par une intense douleur et il eut la vision d'un parchemin sur lequel était écrit : «TOUJOURS TOUT DROIT- VERS LE M-O-N-T S-A-I-N-T M-I-C-H-E-L». Une femme accoudée au bar le sortit de ses pensées et l'interpella sur les raisons de sa présence dans le village. Pluck ajusta la programmation de son stylo et répondit en parfait français ce que son viatique lui conseillait: «Je suis archéologue, dit-il, spécialiste d'Histoire médiévale et je recherche un objet très ancien et très précieux sans doute caché dans l'abbaye du Mont St Michel. Cet objet recèlerait un parchemin qui, d'après la légende, contiendrait d'importants secrets sur cette colline mystérieuse et ses habitants…»

La femme hurla presque et devint comme envoûtée. Un orage éclata, les lumières s'éteignirent et elle se mit à répéter: « Nombreux ont essayé, nombreux ont péri». Elle s'approcha de Pluck et lui chuchota à l'oreille:

«Un trésor est caché au plus profond de la Terre, la pleine lune veille sur lui et la Mer déchaînée vaincra tous ses profanateurs. »

Puis la femme ajouta dans un souffle : «TOUJOURS TOUT DROIT VERS LE M-O-N-T S-A-I-N-T M-I-C-H-E-L».

Pluck commençait à trouver ces énigmes agaçantes et il quitta ce drôle de lieu. Il cacha sa moto et se dirigea sur le ponton qui dominait la baie. Face à lui, le Mont St Michel était toujours plongé dans l'Océan, le coefficient de marée était au plus haut. Sa cicatrice lui faisait terriblement mal, son stylo lui indiquait que c'était le bon moment pour trouver le cristal. Il n'y avait plus de temps à perdre. Il devait se rendre au plus vite sur le mont. Une seule solution, rejoindre l'abbaye à la nage. Immédiatement, Pluck plongea dans les eaux froides, vêtu de sa combinaison. En quelques secondes, grâce à ses pieds et ses mains palmés, il parvint aux abords de la vieille abbaye. Il entendit les cloches sonner. L'horizon était désert, seule la pleine lune éclairait le Mont St-Michel. Le jeune homme contourna la base de l'abbaye et resta figé devant une immense porte de bois. Il la poussa. Devant lui un escalier interminable semblait gagner les profondeurs de l'édifice. Il s'engagea et découvrit tout en bas, trois nouvelles portes. La première était ornée de diamants, la seconde était en or massif et la troisième était tout simplement en bois. Tout naturellement il s'approcha de la première porte derrière laquelle il ne trouva qu'un mur de pierres infranchissable. Il poussa la deuxième porte en or qui s'ouvrit aisément. Quelle ne fut sa surprise lorsqu'il vit une poule couvant trois œufs d'or ! L'animal effrayé s'agita en tous sens quittant ainsi son nid. Pluck s'en approcha et assista, émerveillé, à l'éclosion d'un premier œuf. Un poussin sortit alors de la coquille brisée et d'un coup de bec brisa le deuxième œuf. Pluck aperçut un petit parchemin sur lequel était dessiné un rébus qu'il conserva précieusement car chaque détail semblait compter dans cette odyssée. Pensant que l'éclosion du troisième œuf lui apporterait des précisions ou d'autres informations, il attendit quelques instants puis se pencha au-dessus du nid. Au même moment, l'œuf explosa, libérant une odeur pestilentielle obligeant le Galbinien à quitter précipitamment la pièce. Il se dirigea alors rapidement vers la porte de bois.

A peine en eut-il franchi le seuil que la porte se referma brutalement derrière lui, et toutes les issues disparurent. En tâtonnant, il comprit qu'il était dans un tunnel. Ses pas résonnaient interminablement. Il parvint à se guider en touchant les parois et, plus il avançait, plus sa cicatrice devenait douloureuse, il redoubla de vigilance. Il arriva dans une salle étroite qui s'éclaira immédiatement. Une créature se dressa devant lui, il n'avait jamais rien vu de semblable. Elle avait une tête d'aigle, un corps de lion, des griffes de taupe et trois queues dont chaque extrémité était couronnée par des têtes de serpents. Effrayé, il se concentra sur son écran mental pour en apprendre plus sur ce monstre : ce dernier lui rappela l'existence du message trouvé au milieu des coquilles. Il décoda le rébus :

« Malheur à celui qui regarde ces têtes, il sera pétrifié petit à petit jusqu'à devenir une statue. »

Pluck l'observa avec prudence mais le monstre se jeta sur lui. Il l'évita de justesse. Alors qu'il s'apprêtait à riposter, il s'aperçut qu'il ne sentait plus l'un de ses pieds et que sa combinaison s'était solidifiée, la rendant inutilisable : « J'ai dû croiser le regard d'une tête, » pensa-t-il. Lui revint en mémoire le flacon que lui avait donné la fille du chef de la tribu amazonienne, c'était un antidote surpuissant. Il le sortit de sa sacoche invisible et avala le contenu d'une traite. Il repartit au combat tout en faisant preuve d'ingéniosité car la créature se montrait impatiente et crachait du feu, le brûlant au poignet. Mais rien n'arrêtait Pluck, une sorte de fougue l'habitait. Il tourna dans tous les sens autour du monstre qui finit par perdre ses repères et s'emmêler dans ses trois têtes. Pluck sortit alors le cristal de l'eau de sa sacoche et s'en servit comme miroir. Il le tourna vers les têtes de serpent enchevêtrées et face à leur reflet, le monstre se pétrifia!

Le héros quitta à la hâte cette pièce maudite. Il aurait dû être soulagé mais ses sens étaient troublés comme si des ondes puissantes et négatives affaiblissaient ses pouvoirs. Seul un autre Galbinien pouvait lui nuire ainsi. Qui le poursuivait sans jamais se montrer ? Liery, son double ? D'ailleurs était-il toujours en vie ? Et ici sur Terre, quel serait son rôle? Il écarta ces pensées car de toute façon il ne pouvait s'attarder, il était temps pour lui de poursuivre sa quête vers le cristal de la Terre.

Au loin tout au bout du tunnel, il distingua une petite lumière, véritable point de mire. Il se dirigea vers ce trou noir, espérant que le cristal de la Terre se cachait au-delà de ce gouffre et il se retrouva dans une sorte de labyrinthe. De nouveau, sa cicatrice l'alerta. Une vision très précise lui indiqua les emplacements de plusieurs pièges qu'il évita avant d'entrer dans une autre pièce obscure où brillaient des lettres sur les murs. Que signifiaient-elles ?   Il eut beau se concentrer, il ne réussit pas à comprendre cette nouvelle énigme. Quelque chose lui échappait, mais quoi ? C'est alors qu'il se souvint de sa toute première vision en entrant dans la brasserie ainsi que des paroles de la femme. Eurêka ! Il avait enfin trouvé comment se déplacer dans ce labyrinthe. Dès la sortie, il glissa le long d'une paroi froide et arrondie et arriva devant une porte basse, ouverte, qui l'invitait à entrer dans une pièce plus petite. Une boîte était posée sur une stèle sculptée. Des touches semblables à celles d'un piano ornaient le couvercle de la boîte et lui suggéraient de trouver une mélodie pour l'ouvrir. Pour un Galbinien, c'était un jeu d'enfant, car par la volonté du roi, tout son peuple était mélomane. Il se concentra mentalement sur chacune des touches. Son air préféré lui vint en tête. Il le joua. Le couvercle se souleva lentement. Le cristal apparut scintillant, d'un brun chatoyant. Il s'en empara. Aussitôt, une trappe s'ouvrit sous ses pieds et en une fraction de seconde, il glissa le long d'un tunnel. Cette fois, la descente se fit à une telle vitesse que Pluck s'évanouit. Tous ses organes vitaux s'étaient mis en repos pour éviter d'être écrasés par la pression exercée sur son corps.

écrasés par la pression exercée sur son corps.

Pour en savoir plus sur ...

Le Mont Saint-Michel

Chloé CERTA

Nom : Mont Saint-Michel
Lieu : Département de la Manche en région Basse-Normandie.
Origine : Il tire son nom d'un îlot rocheux consacré à saint Michel où s'élève aujourd'hui l'abbaye du Mont Saint-Michel.
Activité : L'architecture du Mont Saint-Michel et sa baie en font le site touristique le plus fréquenté de Normandie.

CHAPITRE 6

RENCONTRE AVEC LES ABORIGÈNES

Il se réveilla, comme amnésique et se retrouva nez à mufle avec un échidné, sorte de gros hérisson, qui lui léchait le visage déposant une substance gluante et désagréable sur les joues. Pluck se redressa violemment et repoussa la pauvre bête d'un coup de pied énergique ; il hurla de douleur au contact des nombreux piquants. Pendant quelque temps, le Galbinien ne se contrôla plus, tous ses repères et tous ses systèmes de défense étaient perturbés. Il ne savait plus où il était. Il se ressaisit et suivit le monotrème qui le guida tranquillement et de manière inoffensive vers la sortie du tunnel, reniflant çà et là pour dénicher de quoi se nourrir.

Ils se retrouvèrent à l'orée d'une forêt de karris. Tout en suivant l'échidné qui poursuivait sa quête de nourriture, Pluck pénétra dans l'épaisse végétation. L'animal, qui venait de repérer une termitière, accéléra d'un coup. Pluck le suivit instinctivement. Sa cicatrice devenant de plus en plus douloureuse, il n'eut pas le temps d'avoir de vision prémonitoire, il se retrouva en face d'un python géant gavé de sa dernière proie. L'animal releva la tête. Les yeux exorbités, il dirigea sa langue fourchue en direction de Pluck. Heureusement, alourdi, le reptile se déploya trop lentement et Pluck put grimper en haut du premier arbre à sa portée. Le python, comme intrigué, l'observait avec un regard presque humain lorsqu'un énorme bruit de feuillage et de branches cassées le décida à fuir. Ce n'était qu'un wombat en promenade. Pluck s'amusa un moment à le regarder ; l'animal semblait danser en marchant. Mais ce qui retint surtout son regard vers le sol, ce fut cette longue peau, vide, transparente qui avait la forme du python : sa mue. Pluck descendit de l'arbre et s'en approcha. Sur cette peau, il vit des signes étranges qu'il ne pouvait pas déchiffrer. Instinctivement il l'enroula avec précaution autour du cristal de la Terre et la rangea dans sa sacoche.

Il scruta autour de lui, distingua dans le lointain une épaisse fumée et marcha dans sa direction. A mesure qu'il avançait, il percevait comme une musique abyssale. Quelques pas de plus et il se retrouva suspendu dans les airs, prisonnier d'un piège rudimentaire. Pour la seconde fois de sa vie, Pluck se sentit démuni. Il eut à peine le temps de réfléchir qu'il fut assommé par un boomerang. Des aborigènes l'emportèrent dans leur village et l'attachèrent à un totem. Pluck se réveilla au rythme de la musique des yidakis dans lesquels tous les hommes de la tribu soufflaient avec puissance et conviction. Le spectacle était étonnant, mais l'extra-terrestre n'en n'oubliait pas pour autant sa mission. En quelques secondes, grâce à ses griffes, il rompit ses liens et se dirigea vers les aborigènes qui prirent peur, arrêtèrent de jouer et se prosternèrent devant lui. Pluck comprit qu'on le prenait pour une divinité. Il plongea la main dans sa sacoche invisible et exhiba les trois cristaux pour montrer ce qu'il recherchait. Les aborigènes épouvantés se mirent à pousser des cris terribles et à se serrer les uns contre les autres, sauf un homme de très petite taille qui se détacha du groupe et fit signe à tous de reculer et de se calmer. Au masque étrange qui cachait son visage et aux incantations qu'il prononçait, Pluck comprit que c'était un personnage important du village, une sorte de sorcier. Ce dernier s'approcha et lui posa amicalement la main sur l'épaule. Le Galbinien programma alors son stylo pour entrer en communication avec lui. L'homme masqué prit la parole :

« On me surnomme l'Ancien et tu ne crains rien avec moi. Tu es à la recherche du cristal de l'air, n'est-ce-pas ?

— Oui, répondit Pluck.

—As-tu trouvé la mue ?» demanda le vieux sorcier.

Pluck, interloqué, de plus en plus imprégné de la vie sur Terre, s'interrogea sur les liens que Drufus avait établis avec les personnes qu'il rencontrait le long de son périple. Encore dans ses pensées, il bafouilla :

« La mue ? Oui, je l'ai ! Mais il y a des inscriptions que je n'ai pas réussi à décoder.

—Vite, vite, fit le sorcier, nous n'avons pas une minute à perdre.»

Pluck déploya la mue devant le petit homme ébahi. Il guida Pluck jusqu'à sa hutte et enleva son masque. Il laissa apparaître un visage marqué par le temps et par de multiples cicatrices. Il observa la mue avec beaucoup d'attention. Il était visiblement ému ; il devait attendre ce moment depuis si longtemps.

« Merci, je comprends mieux pourquoi mon stylo n'y est pas parvenu, ce langage lui est totalement inconnu,» répondit Pluck, rassuré.

Au bout de quelques minutes, le vieil homme leva le voile sur ce message dont la traduction ressemblait à un poème :

« Au cœur de l'Uluru,

Les vents détruisent tout

Seuls les sages un peu fous

Franchiront les sources du Mutitjulu ».

Son visage s'illumina soudain et il demanda à Pluck de raconter toute son aventure. Le jeune Galbinien expliqua ses origines, sa mission, la découverte des trois cristaux et leurs enjeux. Cela lui faisait du bien de se confier à cet homme sage. Il était certain qu'il pouvait avoir toute confiance en lui. Le petit homme, à son tour expliqua que la mue ne pouvait provenir que du python sacré, gardien de l'Uluru. Ses mues étaient très recherchées et jusqu'alors aucune n'avait été trouvée avant que le message ne s'efface. Puis, il se mit à raconter un épisode lointain de sa vie et pourtant encore indélébile. Plusieurs années auparavant, à de multiples reprises, il avait traversé les déserts de l'Australie. Lors de son parcours initiatique pour devenir un grand chasseur, digne des Anciens, il avait découvert de nombreux endroits insolites et en particulier le Centre Rouge au cœur du Grand Désert, au nord-ouest, et surnommé l'Uluru. Il se souvenait y avoir vu une pierre extraordinaire, suspendue dans les airs au cœur d'un temple magnifique. Mais, poursuivit-il, cette région était dangereuse et peu en étaient revenus vivants car des tornades d'une rare puissance et des pièges veillaient sur l'Uluru et le temple que les ancêtres avaient bâti au cœur de cette montagne. Lui, grâce à sa grande sagesse et guidé par les Anciens, avait pu éloigner le python sacré et pénétrer au cœur de cette tornade. Quelle émotion devant ce temple et les trésors qu'il protégeait ! Il avait promis aux prêtres qui prenaient soin de ce lieu sacré, de conserver ce secret pour le bien de l'humanité. Ils lui révélèrent alors, qu'un homme étrange viendrait, un jour, chercher le cristal.

« Et te voilà ! » dit-il, heureux.

Pluck demanda aussitôt à son nouvel ami de le guider jusqu'à ce temple mystérieux et la décision de l'hôte fut immédiate, il accompagnerait Pluck et l'aiderait à mener à bien sa mission:

« Ce sera là mon dernier acte de bravoure et de générosité sur cette terre car la mort approche...» lui dit-il tranquillement.

Dès le lendemain, le Galbinien et le vieux sage se mirent en route. Le chemin était long et pénible, il leur fallait être très attentifs. Après plusieurs heures de marche, leur vigilance baissa et ils furent surpris par un scorpion surgi de nulle part. Le vieil homme eut juste le temps d'écarter Pluck mais il se fit piquer à sa place. Aussitôt, le vieux sage s'écroula sans vie sur le sol. Le jeune Galbinien ressentit de la tristesse pour la première fois de sa vie. Il allait quitter la dépouille du vieux sorcier lorsqu'il la vit s'élever et disparaître dans les airs. A la place, un oiseau semblait lui indiquer une direction. Pluck le suivit. Il marchait depuis plusieurs heures quand il aperçut une tornade gigantesque. Il eut peur tout d'abord, puis il se rappela les paroles du vieux sage:

«Au cœur de l'Uluru,

Les vents détruisent tout

Seuls les sages un peu fous

Franchiront les sources du Mutitjulu».

Il avança courageusement, arriva devant cette tornade et, les yeux fermés, il réfléchit aux moyens à mettre en œuvre pour la franchir. C'est alors qu'il s'éleva de quelques mètres. Il ouvrit les yeux. Il redescendit. Il les ferma à nouveau, il s'éleva encore plus haut cette fois. Pluck comprit qu'en mourant, son ami lui avait donné ses pouvoirs de lévitation et il parvint à franchir la tornade. Là, au cœur de l'Uluru, il aperçut le magnifique temple de l'air mais des pièges et des tornades l'empêchaient encore d'y accéder directement. Après les avoir esquivés, il rentra à l'intérieur du temple et découvrit le cristal de l'air. Un prêtre, gardien des lieux proposa une énigme.

« Encore une ! » pensa Pluck qui commençait à se lasser...

Après avoir répondu correctement, le cristal de l'air lui fut enfin accessible. Il était transparent, il laissait apparaître à l'intérieur de petites tornades qui paraissaient tourner aussi vite que les vents qui protégeaient le temple.

Pluck s'en empara et à la seconde où il l'enleva de son support, la tornade l'emporta avec des rafales de vent qui atteignirent une vitesse prodigieuse. Il fut alors projeté sur le continent africain.

Pour en savoir plus sur …

Un échidné

Pixabay

<u>Nom</u> : Echidné

<u>Espèce</u> : Ornithorynque.

<u>Ordre</u> : Monotrèmes.

<u>Mélange</u> : Reptiles et mammifères typiques.

<u>Physique</u> : L'échidné a une petite bouche, avec une fine mâchoire et une longue langue collante mais il n'a pas de dents.

<u>Nourriture</u> : Il se nourrit de termites et d'autres arthropodes, attrapés grâce à sa langue collante

<u>Vie</u> : Cet animal vit en solitaire le plus souvent.

<u>Reproduction</u> : La femelle pond un œuf lors de la saison des reproductions.

<u>Corps</u> : Son corps est robuste. Il est couvert d'un mélange de fourrure et de piquants. Il a aussi des membres fouisseurs.

Le Karri

Chloé CERTA

Irina ZILBERMANN

Nom : Karri

Nom scientifique : Eucalyptus diversicolor

Espèce : Eucalyptus

Famille : Myrtaceae

Lieu : Régions humides du sud de l'Australie Occidentale.

Taille : 90 mètres de haut (un des plus hauts eucalyptus).

Particularités : Son écorce crème ou blanche devient marron en vieillissant puis tombe. Lorsque l'arbre a perdu son écorce, la nouvelle écorce blanche va passer du blanc au gris ce qui explique son nom scientifique (diversicolor). Les branches se trouvent dans le dernier tiers du tronc chez l'arbre adulte.

Feuilles : Vert foncé au-dessus, vert clair au-dessous.

Taille des feuilles : 9 à 12cm de long sur 2 à 3cm de large.

Fleurs : En grappe de 7 fleurs de 18 à 28mm de diamètre. Couleur crème.

Fruits : Cylindriques. 7 à 10mm de long sur 10 à 15mm de large. Ils contiennent de très nombreuses graines.

Utilité : Utilisé pour la solidité et la dureté de son bois.

Python réticulé

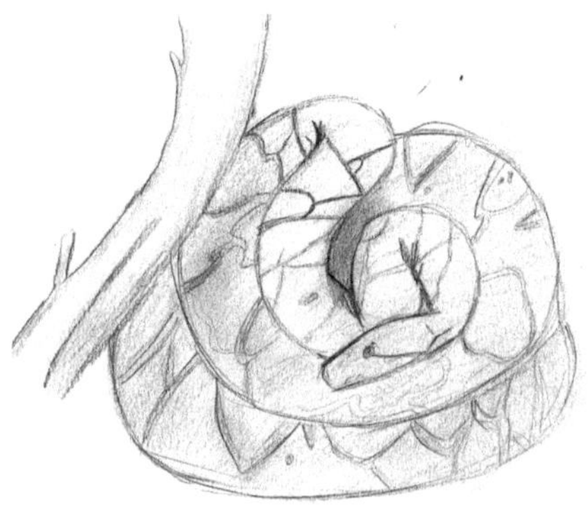

Chloé CERTA

<u>Nom scientifique</u> : Malayopython reticulatus.

<u>Taille et poids</u> : Ce serpent constricteur est l'un des plus grands serpents qui soient. En effet, il mesure en moyenne entre 4 et 9 m pour un poids compris entre 90 et 140 kg.

<u>Physique</u> : Il possède l'une des robes les plus richement colorées chez les serpents. Il est globalement brun clair, avec des motifs complexes en forme de losange brun-sombre et ocre-jaune, plus ou moins réguliers, parfois tachetés de brun, le tout parsemé de reflets irisés.

<u>Habitat</u> : C'est une espèce présente dans les forêts tropicales, les lisières de forêts et les prairies attenantes, souvent à proximité de l'eau. C'est d'ailleurs un excellent nageur. Son aire de répartition englobe quasiment toute l'Asie du sud-est.

<u>Alimentation</u> : C'est un chasseur embusqué qui passe une grande partie de son temps partiellement caché dans l'attente d'une proie. Il chasse le plus généralement au sol, mais arrive malgré son poids important à grimper dans les arbres. Son régime alimentaire se compose principalement de mammifères moyens ou grands et d'oiseaux.

<u>Reproduction</u> : C'est une espèce ovipare. La femelle pond entre 15 et 80 œufs.

Les Aborigènes d'Australie

Pixabay

Etymologie du nom : « aborigène » vient du latin ab origine, « depuis l'origine ».

Définition : Le terme aborigène est employé pour qualifier les habitants originaires d'un territoire.

Habitat : Les aborigènes d'Australie sont les premiers humains à avoir peuplé l'Océanie.

Mode de vie : Ils sont nomades ou semi-nomades.

Rythme de vie : Le rythme des déplacements était celui des pluies et des saisons, l'eau et la nourriture étant un souci quotidien.

Activités de subsistance : Chasseurs, cueilleurs et fabricants d'outils, ils fabriquaient des huttes qu'ils laissaient debout et reconstruisaient si nécessaire quand ils revenaient sur le camp.

Langue : Leurs langues regroupent de nombreuses familles de langue originaires d'Australie et des îles alentours. Les relations entre ces langues ne sont pas très claires.

Loisirs : Ils jouent du yidaki, c'est un instrument de musique à vent fabriqué à l'origine en eucalyptus et creusé par les termites. Aujourd'hui il existe de nombreuses variantes de matériaux et de fabrications, de la plus artisanale à la plus industrielle... bois de tek, bambou, PVC... avec autant de qualités de sonorités différentes.

Le wombat

Nom : Wombat

Famille : Les wombats (Vombatidae) forment une famille de mammifères marsupiaux.

Espèce : Il existe trois espèces : le wombat commun, le wombat à museau poilu du nord et le wombat à museau poilu du sud.

Habitat : Ils vivent dans les forêts montagneuses d'Australie, où ils creusent de vastes terriers. Les wombats à nez poilu du sud vivent en Australie méridionale. Ils occupent des territoires centrés sur leurs terriers et qu'ils défendent contre les intrus ; chez le wombat commun, ce territoire peut couvrir jusqu'à 23 hectares, quand il ne fait que 4 hectares chez les deux autres espèces.

Taille et poids : Le wombat mesure environ 1,20 m de long sur 70 cm de hauteur et pèse entre 15 et 40 kg.

Apparence : Les wombats ressemblent à de petits oursons bruns et massifs, à courtes pattes et à large tête. La couleur du pelage des wombats peut être beige, brune, noire ou grise.

Petit plus : Comme tous les marsupiaux, il possède une poche ventrale. La sienne comporte une seule paire de mamelles. Sa poche a aussi l'avantage, pour un fouisseur, d'être ouverte vers le bas afin que la terre n'y pénètre pas.

Alimentation : Le wombat est herbivore, se nourrissant d'herbe, de racines, de champignons et d'écorces d'arbres. Ses dents ont une croissance continue, contrairement aux autres marsupiaux. Il a un métabolisme lent, la digestion complète de sa nourriture s'effectuant en deux semaines, ce qui l'aide à vivre dans son environnement aride. Le wombat a la particularité de produire des crottes de forme cubique.

Défense : Le wombat est doté d'un « bouclier », plaque osseuse située sur les fesses, sous la peau. Lorsqu'un prédateur le poursuit, il bouche l'entrée de son terrier avec son postérieur.

Mode de vie : Le wombat est un animal plutôt solitaire et ne se sociabilise que pendant la période de reproduction afin de trouver un ou une partenaire.

Reproduction : La femelle a une gestation de 20 jours et ne donnera naissance qu'à un petit, ou dans de très rares cas à deux. À la naissance, le bébé wombat, appelé «joey», ne mesure que trois centimètres et ne pèse qu'environ deux grammes. Il restera de 5 à 9 mois dans la poche de sa mère avant de s'ouvrir au monde extérieur. Durant cette période, il se nourrit uniquement du lait de sa mère. Le jeune est sevré au bout de 15 mois, et sexuellement mature à l'âge de 18 mois. Généralement, les femelles restent plus de temps avec leur mère que les mâles.

Vitesse : Menacé, il peut atteindre la vitesse de 40 km/h et la maintenir pendant 90 secondes.

Captivité : Ils peuvent être grossièrement apprivoisés en captivité et, s'ils sont bien cajolés et caressés, devenir plus conviviaux, cependant plus ils prennent de l'âge, plus ils ont tendance à devenir farouches. On en trouve dans de nombreux parcs, zoos et autres sites touristiques de toute l'Australie. Ce sont des animaux très populaires là-bas.

Agression : Toutefois, leur absence de peur peut les conduire à des actes d'agression s'ils se sentent provoqués, ou même simplement s'ils sont de mauvaise humeur. Leur poids leur permet de faire tomber un humain de corpulence moyenne et leur mâchoire puissante peut entraîner de graves blessures. Le naturaliste Harry Frauca a été mordu à une profondeur de 2cm à la jambe à travers une botte en caoutchouc, une jambe de pantalon et une chaussette de laine épaisse.

Menace : Autrefois chassés pour leur épaisse fourrure, les wombats sont toujours menacés par l'humain. En effet, dans certaines régions d'Australie, ils sont chassés par des fermiers qui ne veulent pas d'eux près de leurs terres. De plus, les troupeaux de moutons et de bovins se nourrissent d'herbe, ce qui appauvrit l'alimentation des wombats. Des réserves visant à les protéger ont été créées.

L'Uluru

<u>Nom</u> : Uluru ou Ayers Rock (la Roche d'Ayers)

<u>Qu'est-ce que c'est ?</u> : L'Uluru est un bloc en grès situé au centre de l'Australie.

<u>Hauteur</u> : Il s'élève à 348 mètres au-dessus de la plaine.

<u>Importance et Histoire</u> : C'est un lieu sacré pour les peuples aborigènes, à la base duquel ils pratiquent parfois des rituels et réalisent des peintures rupestres d'une grande importance culturelle. Ceci combiné à ses remarquables teintes qu'il peut prendre, en particulier au coucher du soleil, il en a fait un des emblèmes de l'Australie depuis sa découverte par les Occidentaux en 1873.

CHAPITRE 7

AU PAYS DE VULCAIN

Josua FONTY

Pluck arriva à Bafoussam en plein milieu d'un marché. Il repéra un panneau avec la carte de la région. En approchant son stylo, il visualisa sur son écran mental d'énormes chutes d'eau. Les informations enregistrées sur sa puce lui indiquèrent qu'il s'agissait des chutes d'Ekon Nkam, situées au milieu d'une grande forêt, abritant une autre ville, Penja. Il allait donc rejoindre cette ville.

Il quitta le marché, traversa une forêt puis guidé par le bruit des cascades, il se retrouva au pied de celles-ci et d'une immense falaise à escalader. Arrivé en haut, il distingua au loin un cône imposant, dont le sommet disparaissait dans les nuages.

Intrigué, il contacta à nouveau son stylo : c'était le Mont Cameroun, un volcan encore actif. Si le bruit des chutes l'avait mené jusqu'ici, avec le volcan comme point de repère, c'est que cet édifice géologique était certainement en rapport avec le nouveau cristal.

Profitant de la vue panoramique, Pluck mémorisa le chemin à suivre au milieu d'une végétation dense. La ville de Penja apparut. Il venait de la traverser lorsqu'il découvrit l'I.R.D.G.E.A, l'Institut de Recherche et de Dressage des Grandes Espèces Animales. Pluck, curieux, s'approcha d'une fenêtre et aperçut des hommes en blouse blanche affairés autour d'un animal de grande taille. Le Galbinien consulta les données envoyées par la puce. Il s'agissait d'une salamandre, mais celle-ci était gigantesque ! Cet amphibien légendaire était réputé pour résister au feu. Cela lui donna une idée. Il observa les allées-venues au sein de ce laboratoire afin de pouvoir capturer l'animal. Mais comment l'apprivoiser ? Il espérait que son stylo trouverait la bonne fréquence pour entrer en communication avec la bête, comme il l'avait déjà fait avec le condor et le narval. La nuit tombait déjà, Pluck devait trouver une issue pour entrer dans le laboratoire. Il entendit une conversation entre deux chercheurs qui discutaient à propos de l'arrivée imminente de nouvelles espèces animales. Pluck décida de patienter et de s'introduire dans ce convoi afin de pénétrer discrètement dans le laboratoire.

A 21h06, le convoi se présenta devant l'entrée. Un garde demanda au chauffeur :

« Vous avez la livraison de gélules pour la salamandre?

— Oui, répondit le chauffeur.

— Heureusement, car il n'y a plus de stock depuis deux jours et c'est impossible de l'approcher quand elle a faim ! » ajouta le garde.

Pluck monta rapidement dans le camion et repéra la fameuse caisse de gélules, repérable par un symbole triangulaire rouge. C'est à ce moment qu'il vit la cage d'un buffle de grande taille, il s'approcha et grâce à son stylo, communiqua avec lui et l'apaisa. Il adapta sa taille puis se glissa alors à l'intérieur de la cage sans que l'animal ne s'agitât. Pluck se fixa sous le ventre du bovidé. Dix minutes plus tard, le chargement fut déposé dans l'entrepôt. Pluck sortit de la cage et attendit d'être seul. Il prit une poignée de gélules et se faufila discrètement de pièce en pièce sans se faire repérer par les gardiens.

Lorsque la salamandre sentit la présence de Pluck, elle devint agitée et agressive. Il lui tendit les fameuses gélules qu'elle s'empressa de dévorer. Puis, avec son stylo, il l'hypnotisa. Dès lors, la salamandre se dirigea vers Pluck, tel un animal domestique. Après avoir ouvert la grande porte qui permettait aux scientifiques de faire prendre l'air aux animaux, tous deux en défoncèrent les grillages. Le système d'alarme se mit à retentir mais ils étaient déjà bien loin du laboratoire. Pluck surnomma la salamandre Pyra, en souvenir de la civilisation grecque pour laquelle il s'était passionné. Ensemble, ils partirent à la conquête du volcan.

Après avoir traversé une terre aride, ils se trouvèrent enfin au pied du Mont Cameroun. Sa puce l'informa qu'il y avait plusieurs bouches éruptives avec un cône. Le plus haut, le cône Fako, culminait à 4070 m d'altitude. Afin d'avoir une vue d'ensemble Pluck monta sur le dos de Pyra pour gravir ce sommet. Durant leur ascension, le temps s'humidifia, ils durent traverser d'épais nuages. Quand ils arrivèrent au sommet du volcan, la salamandre sortit ses griffes pour s'accrocher à la roche ; le vent soufflait fort. Le cratère s'ouvrait en une large bouche. Le stylo de Pluck s'agita et émit des sons stridents et répétitifs lui indiquant que le cristal était très proche. Mais ils devaient franchir un épais rideau de lave. Pluck, pour se protéger, se glissa dans la gueule de Pyra. La salamandre traversa facilement la paroi de feu. En une fraction de seconde, ils se retrouvèrent dans une grotte sombre, éclairée par la seule lumière du cristal de feu. Il essaya de le saisir mais il perçut aussitôt le danger. Le cristal était brûlant. Pluck n'était plus protégé contre autant de chaleur. Ses pensées se troublèrent et sa cicatrice fut plus que jamais douloureuse. Des visions surgirent de son esprit agité : le cristal de feu était entouré des quatre autres cristaux, sortis de la sacoche, qui semblaient danser autour de lui.

Un message lui parvint : « Pour récupérer le cristal de feu, il faut être A-P-T-E ». Pluck crut être victime d'hallucinations quand il distingua alors quatre stèles possédant toutes un trou correspondant à l'encastrement de chaque cristal. Son pouvoir de prémonition était intact ! Mais comment trouver l'ordre d'assemblage ? « Le message ! songea-t-il. Oui, ces quatre lettres, A-P-T-E, représentent les initiales des quatre cristaux et montrent donc l'ordre d'emboîtement. »

En plaçant les cristaux de la gauche vers la droite, il réussit l'assemblage et les cinq cristaux s'élevèrent dans les airs. Le cristal de feu, comme guidé par les quatre autres, se dirigea vers les mains de Pluck, qui émerveillé par ce ballet, les rassembla tous dans sa sacoche. Il était maintenant temps de partir car il avait de plus en plus de mal à respirer. Au moment où il se cacha de nouveau dans la gueule de la salamandre, les parois du volcan s'écroulèrent, le sol de la grotte trembla et la température augmenta dangereusement. Ils furent emportés dans une coulée de lave. Pluck pensa que c'était fini et qu'il allait mourir avec Pyra dans les laves du Mont Fako. Mais à peine avait-il imaginé sa mort prochaine, qu'il se retrouva projeté violemment au pied du volcan, sur une plage de sable noir, bordant le Golfe de Guinée. La salamandre, brûlante, plongea dans l'eau pour se rafraîchir. Pluck quitta sa cavité protectrice et profita un instant de la fraîcheur réparatrice de l'océan. Soudain, les cinq cristaux qu'il avait cachés dans sa sacoche se hissèrent dans les airs et tourbillonnèrent au-dessus de leur tête formant un faisceau de lumière qui semblait éclairer toute la galaxie. Pluck et Pyra furent happés par ce faisceau et propulsés à des milliers de kilomètres de l'Afrique...

Pour en savoir plus sur …

Bafoussam

Irina ZILBERMANN

Nom : Bafoussam.
Lieu : Bafoussam est la principale ville à l'ouest du Cameroun.
Pays : Cameroun
Région : Ouest
Département : Mifi
Importance : chef-lieu de la région de l'Ouest, le chef-lieu du département de la Mifi et l'un des trois arrondissements du département de la Mifi.
Démographie : Population : 347 517 habitants en 2008
Densité : 3 819 hab./km2
Superficie : 9 100 ha = 91 km2
Altitude : Elle va de 1 310 mètres (min.) à 1470 (max.)
Paysages : Il y a des plages volcaniques et l'océan avec ses plages paradisiaques de Limbé, des forêts communales avec de nombreuses forêts de bambous et de champs de palmiers.

Les chutes d'Ekon Nkam

Wikipédia

Lieu : Les chutes d'Ekon Nkam sont des chutes d'eau situées dans le département du Moungo au Cameroun sur le fleuve Nkam.

Hauteur : Elles sont hautes de 80 mètres.

Alentours : Elles se situent à 240 km du Mont Cameroun séparés par une immense forêt.

Explication du nom : Ekom est le nom du village situé à quelques kilomètres de la chute.

Le Mont Cameroun

Laurine CRATCHLEY

Nom : Mont Cameroun

Qu'est-ce que c'est ? : Le mont Cameroun est un volcan du Cameroun. C'est le point culminant de la ligne du Cameroun et de l'Afrique de l'Ouest.

Altitude : Selon les estimations, il atteindrait 4 040, 4 070 ou 4 095 mètres d'altitude.

Importance : Il est considéré comme le dixième sommet africain.

Eruption : Volcan actif, ses éruptions peu explosives se traduisent par l'ouverture de fissures volcaniques qui émettent des coulées de lave. Ces dernières peuvent provoquer des dégâts mais n'ont jamais fait de morts.

La salamandre

Laurine CRATCHLEY

<u>Nom :</u> « Salamandre » est un nom donné en français à plusieurs espèces d'amphibiens urodèles, dont la Salamandre commune

<u>Caractéristique :</u> Elle possède la capacité de régénérer certaines parties de leur corps après amputation.

<u>Vocabulaire :</u> Amphibiens urodèles: Amphibien pourvu à l'état adulte, de 4 membres, d'un corps allongé et d'une longue queue, tel que les tritons et les salamandres.

<u>Mythologie :</u> c'est un amphibien légendaire qui était réputé pour vivre dans le feu et s'y baigner, et ne mourir que lorsque celui-ci s'éteignait.

CHAPITRE 8

LE TOMBEAU DE L'EMPEREUR

Laura GARNIER

A l'aube, sur le dos de son amie Pyra, Pluck arriva au pied de la muraille de Chine. En survolant le chemin de ronde pour avoir une vue d'ensemble, il aperçut au loin, une magnifique jeune fille assise sur un créneau de la muraille. Elle semblait contempler le lever du soleil. Pyra se posa, Pluck descendit de son dos, et la remercia vivement. Son amie disparut presque instantanément. Alors, Pluck, intrigué, sauta de merlon en merlon pour se rapprocher de la jeune fille.

En le voyant arriver, elle ne parut pas surprise et entama la conversation:

« Bonsoir, qui es-tu ? » lui demanda-t-elle avec un large sourire.

Pluck qui avait déjà actionné son traducteur, se trouva un nom d'emprunt, conscient de l'étrangeté du sien, et répondit :

« Je suis Peter. »

La jeune chinoise enchaîna :

« Moi, je m'appelle Ling Su, et je suis la fille de l'empereur de Chine. Je suis heureuse de te rencontrer. Mais d'où viens-tu, tu n'as pas l'air d'habiter notre pays ? »

Pluck bafouilla, il ne pouvait lui révéler ses origines.

« Euh... Je n'ai pas vraiment de pays à moi, je visite le monde et en ce moment c'est la Chine.

— La nuit ? s'étonna-t-elle.

— Hum…, oui. Je suis un peu original, » répondit-il sans pouvoir détacher son regard de la jeune fille.

Elle était élégante, mince, petite et brune. Coiffée d'un chignon retenu par une baguette ornée de fins dessins colorés, elle portait aussi un hanfu rouge et noir assorti à des ballerines en soie sur lesquelles des pierres précieuses avaient été brodées. Elle avait la peau blanche et les yeux bridés. Elle semblait être timide mais son regard déterminé révélait un tempérament bien trempé. Sous la manche de sa robe, un tatouage représentant le Tigre Suprême, ornait son poignet droit. « Cette chinoise est vraiment d'une beauté extraordinaire », se dit Pluck.

Les deux jeunes gens semblaient s'être toujours connus et la jeune femme proposa à Pluck de visiter la Cité interdite. Flatté par cette proposition, il l'accompagna jusqu'à la demeure impériale. Le jour venait de se lever et les gardes autorisèrent Ling Su et

Pluck à entrer ensemble. Ling Su conduisit son nouvel ami vers les appartements privés de l'empereur. La demeure était immense et l'on aurait pu facilement s'y perdre. Ils arrivèrent devant le bureau de son père : Ling Su poussa la lourde porte et présenta le jeune homme qui sursauta à la vue de l'individu posté à côté de l'empereur. Il le connaissait bien. C'était Liery, le conseiller de Drufus dont il n'avait plus aucune nouvelle. Pluck s'élança néanmoins pour le saluer. Mais au moment où il lui tendait son sixième doigt, marque de sympathie sur Galbinia, Liery recula, l'ignora superbement et le regarda d'un air narquois. Pluck fit comme si rien ne s'était passé et très vite il fut convié à la table de l'empereur pour prendre un petit-déjeuner. Le vieil homme raconta l'histoire de sa dynastie, héritière du premier empereur de Chine, Qin Shi Huangdi. Le père de Ling Su était un orateur né et un conteur passionnant. Pluck ne se lassait pas de l'écouter; il comprit très vite que ce pays était mystérieux et rempli de nombreux secrets enfouis dans les murs du palais et dans le cœur des hommes. Le père de la jeune fille racontait son enfance quand un épisode attira davantage l'attention de Pluck : « Un événement terrible marqua à jamais ma jeunesse et scella mon destin. A cette époque, j'étais soumis à un emploi du temps draconien imposé par mon père. Il entendait me faire hériter de son titre d'empereur par mes seules capacités et non plus par le droit filial comme jadis. Une fois par semaine, il m'accordait une journée de repos que je passais, en général, chez un oncle maternel, qui vivait modestement avec sa femme et ses enfants, dans un village retiré, loin du faste de la cité impériale. C'étaient des gens bons, intelligents, sincères, chez qui je trouvais toujours d'excellents conseils. Un jour, en arrivant au village, je fus troublé par le grand silence et l'étrange impression de chaos qui régnaient. Je découvris bientôt que tous les villageois gisaient au sol. Ils semblaient terrassés par un mal étrange et meurtrier, tant leurs visages étaient restés crispés dans la douleur. Très vite, je courus vers ma famille, mais alors que je passais près du puits, je fus aveuglé par une lumière sombre qui provenait d'un cristal de couleur violette. Sa forme rappelait celle des diamants mais en plus allongée. J'eus l'impression d'être hypnotisé et une voix résonna dans mon esprit troublé au moment où j'allais prendre le cristal :

« Ne touche pas ce cristal maudit, il est et sera la cause de tous tes malheurs ».

Surpris, je retrouvai cependant mes esprits. Ma formation scientifique me fit écarter aussitôt l'idée qu'une force supérieure m'aurait envoûté et laissant là le cristal, je rejoignis mes proches. Ils étaient dans le même état que les autres habitants du village. L'un de mes cousins encore conscient me montra du doigt la réserve d'eau. Curieusement, ce puits semblait avoir été soulevé et détourné presque d'un seul bloc. Je contactai rapidement mon père l'Empereur, qui fit venir dans le plus grand secret l'un de ses médecins et ami, Drufus Excelsius, avec qui j'avais fait une partie de mes études au Centre International de Recherches Scientifiques. Revêtu d'un équipement spécial, Drufus analysa rapidement le cristal et l'enferma dans une caisse de plomb. Nous décidâmes de cacher en lieu sûr ce cristal maudit car le détruire, d'après Drufus, serait impossible et extrêmement dangereux. Le village fut rasé et la zone classée en zone militaire secrète. Les quelques villageois qui avaient survécu dont mon cousin et sa mère, étaient tous amnésiques et furent accueillis au palais impérial. Ils moururent malheureusement très rapidement et dans des souffrances atroces.

Quelque temps plus tard, je fus réveillé par un cauchemar terrible. La voix que j'avais entendue dans le village avait de nouveau résonné dans mon esprit et me disait ces paroles prémonitoires:

«Vous avez enfreint mes avertissements, maudits vous serez et tous ceux que vous chérirez ».

Mon sang se glaça. J'en parlai à Drufus qui me rassura, mais mon destin en décida autrement... ».

L'empereur s'arrêta et regarda d'un air épuisé son auditoire. Il fixa Pluck avec insistance et ajouta :

« Ce récit m'a épuisé, je vais me reposer un peu et vous laisse découvrir ma cité. »

Il quitta alors la salle et laissa, un peu gênés, Ling-Su, Liery et Pluck qui n'osèrent pas se parler. Pluck avait compris que ce cristal était celui qu'il recherchait mais avant qu'il n'eût le temps de penser à la manière de le retrouver, son amie bondit de son fauteuil et le tira par le bras à la découverte du palais.

Après avoir passé une journée formidable en compagnie de Ling-Su, Pluck regagna la chambre qui lui avait été préparée. Il était à peine installé que quelqu'un frappa à sa porte; il ouvrit et sursauta en voyant l'empereur entièrement revêtu d'une étrange combinaison. Ce dernier lui expliqua, en chuchotant, qu'il avait une importante révélation à lui faire mais qu'ils devaient quitter le palais discrètement car il ne faisait confiance à personne dans cette demeure. Pluck savait déjà de quoi l'empereur voulait lui parler mais il se demandait toujours quel rôle Liery jouait auprès de lui.

L'empereur et Pluck quittèrent rapidement le palais, puis empruntèrent un tunnel secret caché dans le parc. Ils marchèrent de longues heures dans cet espace clos, sinueux, semblable à un labyrinthe. L'empereur avançait d'un pas sûr, visiblement habitué aux lieux et à la chaleur étouffante qui régnait. Soudain, la température chuta brutalement. Pluck frissonna. L'empereur s'arrêta et posa sa main droite sur la paroi du tunnel. Une trappe s'ouvrit sous leurs pieds. Ils descendirent à la verticale dans une sorte de puits profond et arrivèrent devant une porte blindée, infranchissable. L'empereur se plaqua entièrement contre la porte. Elle s'ouvrit aussitôt sur un lieu sacré: le mausolée du premier empereur Qin Shi Huangdi. L'empereur révéla alors à Pluck qu'il l'attendait depuis longtemps, que Drufus Excelsius l'avait averti de sa venue et que sa mission s'arrêtait là. Avant de partir, il lui dit de se méfier car le lieu était envahi par des ombres, les esprits des ancêtres et des traîtres aussi... Pluck n'eut pas le temps de le remercier, l'empereur avait disparu tel un fantôme.

Soudain, Pluck sentit une présence près de lui, il se retourna et vit de nombreux doubles de son ennemi qui ricanaient bêtement. Pluck comprit alors que Liery mettait tout en œuvre pour l'empêcher de mener à bien sa mission. Il consulta son stylo pour localiser le cristal. Il se trouvait derrière une nouvelle porte blindée à traverser. Seule une énergie extraordinaire lui permettrait de l'ouvrir. Il n'avait pas le temps de réfléchir car les doubles de Liery lui barraient le passage. Alors Pluck, comme poussé par une agilité hors norme, évita un à un ses adversaires. Soudain, de son stylo, jaillirent des boules de feu qui se mirent à tournoyer dans la pièce. Elles produisirent une telle énergie qu'à leur contact, la porte blindée explosa. Il se retrouva alors face à Liery, le vrai. D'un bond, il lui sauta dessus et lui plaqua la tête contre la pierre tombale. D'un geste énergique et précis, il déclencha le processus de destruction extrême, à n'utiliser qu'en cas de grand danger. Il pointa alors son sixième doigt gauche sur le lobe frontal de Liery pour désactiver la puce implantée par Drufus. Liery devint immédiatement coopératif.

Le calme revenu, ils se dirigèrent vers la dalle tombale et la soulevèrent. Là, se dressèrent cinq statues ornées de pierreries et gravées d'inscriptions étranges. C'étaient de véritables joyaux. Chacune représentait un animal totémique : un serpent, une tortue, un corbeau, un dragon et un phénix.

« Elles symbolisent l'art Feng Shui et possèdent de nombreux pouvoirs », expliqua Liery devant l'étonnement de Pluck.

Au moment où Pluck s'apprêta à toucher l'une de ces œuvres ancestrales, les cinq cristaux cachés dans sa sacoche s'élevèrent tous ensemble et vinrent se placer au sommet de chacune des statues. Ce fut un spectacle fantastique. Les statues se mirent à bouger. Elles prirent vie puis s'écartèrent les unes des autres et se prosternèrent devant une sixième statue qui surgit des entrailles de la tombe. C'était un tigre blanc et dans sa gueule, se trouvait un cristal sombre et scintillant. « L'élément manquant », pensa Pluck. Il tenta d'approcher le tigre mais les cinq animaux s'interposèrent et le repoussèrent violemment. Étourdi, il eut l'impression que la tortue le mordait au bras tandis qu'il voyait Liery à demi-étouffé par le serpent mais tentant malgré tout de grimper sur le dos du tigre... C'est alors qu'une ombre surgit dans le tombeau. Au même moment, les six animaux s'agenouillèrent à ses pieds et devinrent doux comme des agneaux. L'ombre prit forme et les deux extra-terrestres reconnurent Ling Su, au milieu d'un faisceau de lumière qui l'irradiait et l'illuminait. Elle semblait totalement métamorphosée, comme venue de l'au-delà. Elle leva les bras au ciel. Alors le tigre blanc ouvrit la gueule et laissa tomber le cristal des Ténèbres aux pieds de la jeune fille. Pluck le saisit et le mit dans sa sacoche suivi des cinq autres cristaux qui se détachèrent instantanément de chacune des statues.

Épuisés par ce qu'ils venaient de vivre, les trois jeunes gens quittèrent les lieux.

Pour en savoir plus sur ...

La muraille de Chine

Pixabay

<u>Construction</u> : La muraille de Chine est le plus grand monument jamais construit par l'homme.

<u>Taille</u> : Cet ensemble de fortifications est constitué d'un mur fortifié de 5 à 7 mètres de large pour une hauteur variant de 5 à 17 mètres selon les portions.

<u>Longueur</u> : De 1990 à 2012, la longueur de la muraille de Chine, estimée par les savants, est passée de 6 700km à 21 196km.

La cité interdite

Nom : La Cité interdite (« palais historique ») également appelé Musée du palais.

Qu'est-ce que c'est : La Cité interdite est le palais impérial au sein de la Cité impériale de Pékin.

Construction : Sa construction fut ordonnée par Yongle, troisième empereur de la dynastie Ming, et réalisée entre 1406 et 1420.

Histoire : Ce palais, d'une envergure inégalée fait partie des palais les plus anciens et les mieux conservés de Chine. De nos jours, il est devenu un musée, le Musée du Palais, qui conserve les trésors impériaux de la civilisation chinoise ancienne et de très nombreuses œuvres d'art chinois de première importance : peintures, bronzes, céramiques, instruments de musique, laques, etc.

Superficie : Ce palais s'étend sur une superficie de 72 ha.

Le mausolée de l'empereur Qin

Pixabay

Pixabay

<u>Lieu et histoire:</u> Le mausolée de l'empereur Qin se trouve à proximité de la ville de Xi'an, dans le Shaanxi. C'est le premier tombeau impérial dans l'histoire chinoise, inscrit en 1987 sur la liste du Patrimoine culturel du monde. D'après les Mémoires historiques, après être devenu empereur, Shi Huangdi a fait construire son tombeau au pied de la colline Lishan. Lorsque la Chine a été unifiée en 221 avant J.-C., il a amplifié les travaux, en mobilisant quelque 700 000 travailleurs. L'ensemble des travaux a duré 38 ans.

Construction : La construction de cet ensemble funéraire a été entreprise en 246 av. J-C, au moment où, âgé de seulement 13 ans, le roi Zheng, qui va devenir le roi absolu de la Chine monte sur le trône des Qin.

Organisation du mausolée : Il comprend d'une part le tombeau de l'empereur Qin Shi Huangdi (IIIè siècle avant J.-C.), non encore fouillé, d'autre part les fosses où l'on a trouvé, à partir de 1974, les vestiges écrasés de milliers de soldats de terre cuite formant ce qu'on a appelé l'armée de terre cuite ou armée d'argile.

Forme du tombeau : Le tombeau présente une forme presque carrée, d'un entonnoir renversé, avec une couverture de boue damée par couches successives.

Superficie : L'ensemble s'étend sur environ 56 km².

Hauteur : Haut de 76 mètres, le tombeau qui contient le cercueil dans son centre est entouré de fosses et de plus de 400 tombes.

Protection : La tombe est recouverte par un tumulus (éminence artificielle, circulaire ou non, recouvrant une sépulture, faite de terre et de pierres) de 115 mètres de haut.

Les fosses : À environ 1 500 mètres se trouvent les fosses contenant quelque huit mille statues de soldats, statues qui ont quasiment toutes un visage différencié, et de chevaux en terre cuite datant de 210 av. J.-C.

Art : Ces statues ont été cuites dans des fours à une chaleur d'environ 900 °C. Des couleurs minérales étaient appliquées après cuisson sur les statues, ce qui, tout en les individualisant davantage, permettait de distinguer par la couleur dominante les différentes unités de cette armée. Ces personnages, tous différents, avec leurs chevaux, leurs chars et leurs armes, sont des chefs- d'œuvre de réalisme, qui constituent aussi un témoignage historique inestimable. Il est important de préciser que chaque statue a sa propre identité tant dans le visage que dans la coiffure, la taille, la tenue.

Rituel : En Chine, il était courant pour un empereur de se faire enterrer avec ses serviteurs, ministres... souvent sacrifiés. Par la suite les statues ont remplacé les hommes. Les statues funéraires ne sont donc pas à voir comme des objets dont la finalité est le beau mais bel et bien pour leur utilité : accompagner le défunt dans l'au-delà.

Aujourd'hui : Un musée a été construit à l'endroit même où se trouvent les statues.

L'empereur Qin Shi Huangdi

Laurine CRATCHLEY

<u>Nom</u> : Qin Shi Huangdi.

<u>Histoire</u> : Souverain du plus redoutable des Royaumes combattants à partir de 247 avant notre ère, le roi Zheng de Qin fonda en 221 l'empire chinois en rassemblant le pays, c'est-à-dire en abattant tour à tour tous les autres royaumes.

<u>Héritage</u> : Zeng de Qin se proclamant empereur pris le titre de Shi Huangdi

<u>Grammaire</u> : Les mots Huang et Di étant utilisés autrefois pour les Augustes et les Souverains. Il y ajouta le Shi qui signifie premier. Ainsi, entra dans l'histoire le premier empereur, Qin Shi Huangdi.

<u>Construction</u> : Shi Huangdi fit construire à Xianyang une réplique de tous les palais des seigneurs féodaux qu'il vainquit. Dans un édifice principal, la salle audience pouvait contenir 10 000 personnes.

Le Feng Shui

Pixabay

Nom : Feng Shui.

Signification : « le vent et l'eau »

Signification chinoise : En Chine, on l'appelle généralement la discipline fēng shuǐ xué (« étude du vent et de l'eau »).

Utilité : C'est un art millénaire d'origine chinoise qui a pour but d'harmoniser l'énergie environnementale d'un lieu de manière à favoriser la santé, le bien-être et la prospérité de ses occupants.

Utilité : Cet art vise à agencer les habitations en fonction des flux visibles (les cours d'eau) et invisibles (les vents) pour obtenir un équilibre des forces et une circulation de l'énergie.

Art : Il s'agit de l'un des arts taoïstes, au même titre que la médecine ou l'acupuncture, avec lesquelles il partage un tronc commun de connaissances.

Lieu de découverte : La première trace d'utilisation des principes de base du Feng Shui en Chine remonte approximativement entre 4000 et 4500 ans avant Jésus-Christ. C'est dans la province de Yangshao qu'on a découvert des tombes où était appliqué un système de placement et d'organisation suivant des principes qui fonderont plus tard les bases du Feng Shui.

Remarque : Cet art ancien porte le nom de Kan Yu ou Kwan Yu. Les premiers éléments remarquables sur ce site étaient basés sur les principes des quatre « Animaux célestes » et des orientations cardinales.

Histoire : Depuis des siècles, les Chinois s'y réfèrent pour concevoir leurs cités. La ville de Ganzhou dans la province de Jiangxi a été la première ville construite suivant les principes du Yang Gong Feng Shui, il y a 1200 ans par un des plus grands maîtres Yang Yun Song (auteur de taoïste d'époque).

CHAPITRE 9

RÉVÉLATIONS

Claudine et Océane BRAILLON-NOLY - Loreleï BOURIGAULT

« Que s'est-il passé ? » demanda Pluck, encore un peu secoué.

Ling Su prit alors la parole :

« Je ne sais pas très bien. Tout à l'heure, j'étais incapable de dormir après les révélations de mon père. Je suis restée longtemps à regarder par la fenêtre quand je vous ai vus franchir la grande porte de la Cité. J'ai décidé de vous suivre. Dans le tunnel, cachée dans une niche, j'ai attendu que mon père fasse demi-tour pour me plaquer, moi aussi, sur la porte blindée qui s'est ouverte en silence. Quand je suis arrivée par l'arrière du tombeau, j'ai pu assister au prodige des cinq cristaux et à la transformation des statues. Depuis, mes souvenirs sont flous. J'ai l'impression de ne plus avoir été moi-même, un peu comme dans un rêve.»

Ils étaient terriblement troublés.

Dans un silence pesant, tous les trois se dirigèrent vers le palais où l'empereur les attendait. Il était prêt maintenant, à révéler le secret de Drufus.

Les yeux mi-clos, il se mit à parler:

« Ainsi comme je vous l'ai dit ce matin, le village fut rasé et mis en zone militaire surveillée. Seul le puits, d'où le cristal semblait avoir jailli, fut épargné. Avant d'enfermer le cristal dans la caisse en plomb, Drufus avait pratiqué toutes sortes d'analyses car pour lui il ne faisait aucun doute que le cristal avait provoqué la mort des habitants qui avaient bu l'eau irradiée.

Il entreprit un forage dans le puits jusqu'à 8000 mètres de profondeur et c'est là qu'il découvrit que le cristal des Ténèbres, tel qu'il l'avait surnommé, provenait de la croûte terrestre. De par sa composition, ce cristal faisait référence à cinq éléments fondamentaux : l'air, l'eau, le feu, les plantes et la terre. Il fit le rapprochement avec de nombreuses autres variétés de cristaux mentionnés à divers endroits de la planète. Enfermé dans le laboratoire de la Cité pendant de longues journées, il étudia le cristal sans relâche. Ses expériences lui firent comprendre que l'association de ces cristaux produirait une formidable énergie dont un jour l'espèce humaine aurait grand besoin.

Il partit en expédition en Australie, en Europe, en Afrique, en Amazonie et dans l'Arctique. Dans chaque endroit, accompagné d'initiés aux rites des cristaux, il recueillit les cinq types de cristaux dont il avait retrouvé des traces dans le Cristal des Ténèbres. Dès son retour, il les disposa en quinconce autour de ce dernier. Aussitôt les radiations s'équilibrèrent pour diffuser un rayonnement énergétique subtil, comparable à celui du soleil et compatible avec la vie sur terre. Il venait de conforter son hypothèse: il avait découvert une nouvelle source énergétique puissante. Elle devait cependant rester ultra-secrète tant qu'il n'aurait pas vérifié les possibilités d'extraction des réserves cristallières du sous-sol. L'enjeu était considérable. Le troisième millénaire commençait tout juste à prendre conscience des mesures à suivre pour sauver l'humanité de la pollution, de la famine, des inégalités sociales, et le plus important de tout, de la rareté de l'eau. C'est dans ce contexte que Drufus fut contacté pour intégrer le LPS (laboratoire planétaire secret) afin de trouver une nouvelle planète hospitalière. Quelle magnifique opportunité pour lui! Il allait enfin pouvoir mener à bien son propre projet de conquête spatiale!C'est ainsi qu'il découvrit Galbinia, planète en tout point semblable à la Terre mais pour laquelle il avait constaté un manque important d'énergie vitale qui risquait de compromettre la vie des futurs habitants.

Et cette énergie, lui, il l'avait !

Avant de partir définitivement pour Galbinia, il prit soin de mettre en place un système de communication par ondes supra-sensorielles avec implantation de micro-puce dans la nuque pour rester en contact avec quelques personnes sur Terre. Sous le sceau du secret, il me confia la garde et la surveillance des radiations du cristal des Ténèbres. Le temps était compté. Il voulait mener à bien sur Galbinia son rêve de cloner des humains aux capacités démultipliées. Il fit construire le laboratoire A3642, y installa une pouponnière et un personnel dévoué qui prit grand soin de vous tous, et de vous deux, Pluck et Liery, en particulier. Drufus avait décelé en vous des capacités étonnantes et petit à petit il vous implanta des compétences hors du commun en vue de votre mission sur Terre. Il n'avait pas prévu que l'un de vous deux s'imprègne à ce point des caractéristiques terrestres et en particulier de l'agressivité qui régit les rapports humains. Loin de s'en inquiéter, il considéra cela comme une bonne occasion de tester vos capacités d'adaptation à la vie sur Terre. Il touchait au but.

— Quel but ? Ce n'était donc pas la récupération des cristaux? Demandèrent d'une seule voix Pluck et Liery, inquiets des derniers mots prononcés par l'empereur.

— Oui et non, poursuivit l'Empereur. L'énergie galbinienne s'amenuisait. Certes, il fallait renouveler les cristaux. Mais au-delà, il voulait vérifier les capacités d'intégration, à la vie terrienne, de ses enfants clonés. Il voulait être le premier à créer des ponts indispensables entre la Terre et Galbinia dans la perspective que les deux planètes échangent et évoluent ensemble. Chacun à votre manière, vous avez montré votre capacité et votre détermination à vous adapter à chaque situation. Toi, Liery, tu as perdu ton agressivité, mais tu as gagné en sagesse et en connaissances tout au long de ce temps passé ici dans la Cité, à mes côtés. Toi, Pluck, tu as su te montrer valeureux, loyal, déterminé et sans faille pour honorer ta mission. Tous les deux, vous avez réuni les qualités indispensables pour servir de guides vers une humanité nouvelle et responsable. Drufus ne s'y était pas trompé, en associant dans le tombeau chaque cristal avec un animal totémique.

Quant à toi, Ling Su, je me dois maintenant de te révéler l'histoire de ton enfance et la vérité sur ta mère.

— Ma mère ? bondit Ling Su. Pourquoi me parler d'elle, elle m'a abandonnée, je ne veux rien savoir sur cette femme.

— C'est ce que l'on t'a laissé croire pour te protéger d'une réalité bien plus cruelle ; tu dois savoir maintenant. Je te demanderai juste de ne pas m'interrompre car ce que je vais te révéler va nous faire souffrir tous les deux, reprit l'empereur, la voix pleine d'émotions.

Il y a dix-sept ans, en fin de soirée, ta mère se promenait dans le calme des couloirs du palais comme elle aimait le faire. Mais ce soir-là, elle distingua deux ombres. Elle approcha de celles-ci pour découvrir leur identité. Quand elle fut assez près, elle reconnut la voix de mon frère qui était en pleine conversation avec une personne étrangère. Ils parlaient de l'assassinat de la famille impériale. Hors d'elle, elle courut immédiatement pour me prévenir, mais elle t'entendit pleurer. Croyant ne pas avoir été remarquée, elle fit un détour jusqu'à ta chambre. Hélas, mon frère la devança et il la poignarda devant ta porte ! Puis il entra dans ta chambre pour faire de même avec toi. C'est alors que ton tigre de compagnie sauta sur lui et le neutralisa.

— Mon tigre ? » souffla Ling Su.

Son père la regarda d'un air triste et reprit :

« Oui, tu naquis l'année du tigre, et ta mère et moi décidâmes de te faire tatouer le symbole de l'animal sur ton bras. Drufus, lui, voulut t'offrir un petit tigre, né le même jour que toi. Peu à peu, il devint un véritable animal domestique, surtout, il était ton ami. Il dormait toujours auprès de toi et ce soir-là, en bon protecteur, il te sauva la vie. Alerté par le bruit, je me dépêchai de venir voir ce qui se passait. Ta mère allongée sur le sol, agonisante, gisait dans son sang, et mon frère, piégé par le tigre, tenait encore le couteau dans sa main. Ta mère dans un dernier souffle m'expliqua la scène puis elle s'éteignit dans mes bras. Les gardes arrivèrent et emmenèrent ton oncle en prison où il mourut quelques années plus tard. Quand je me retournai, tu étais assise sur ton lit, les yeux rivés sur cette horrible scène. Cette nuit-là, je t'ai gardée près de moi, car tu ne réagissais presque plus. Tu semblais avoir perdu la parole. Inquiet, je fis venir Drufus, et grâce à une puce qu'il t'implanta dans le cerveau, le souvenir de cette nuit fut effacé à jamais de ta mémoire. Tu repris ta vie normale comme toutes les petites filles de trois ans. Nous inventâmes une histoire pour justifier l'absence de ta mère et je fis enlever tous ses portraits sauf un, que je conserve près de mon cœur. »

Il sortit alors un médaillon où l'on pouvait voir une magnifique jeune femme, à laquelle Ling Su ressemblait terriblement.

« Mais qu'est-devenu ce tigre ? Est-ce celui du tombeau ? demanda Ling Su avec une voix blanche.

— Ce tigre que tu appelais Shangan, a été écarté de ta vie. Nous venions de réaliser par ce drame qu'il n'était plus un « enfant », lui. Mais effectivement je n'ai pas pu me résoudre à me séparer de celui qui avait été ton ami et ton sauveur.

Drufus cherchait une protection supplémentaire pour le Cristal des Ténèbres dans le tombeau des Empereurs. Selon la légende, un gaz toxique punissait de mort toute tentative de pillage et de profanation du tombeau. Mais en réalité, ce gaz qui se répandait en assez grande quantité dans ce lieu sacré était du protoxyde d'azote. Or, loin de tuer ceux qui l'auraient inhalé, il provoquait de telles hallucinations que les pilleurs auraient été incapables de ressortir de cette cavité. C'était un bon système de protection. Mais Drufus se méfiait beaucoup. Shangan devenait le gardien providentiel.

— Mais… Mais le gaz ? demanda Ling Su encore sous le choc des révélations.

— Afin que Shangan supporte une telle quantité de gaz toxique et qu'il pare le cas échéant à toute intrusion, Drufus lui injecta un antidote en même temps qu'une puce qui permettait, à distance, le contrôle de son comportement. C'est ce qui m'a permis de venir le nourrir sans crainte et de tenir informé Drufus régulièrement sur les niveaux d'émanation du gaz. Il m'avait prévenu que Pluck viendrait un jour reprendre les cristaux.

— Et les autres animaux ? demanda Pluck qui commençait à comprendre.

— C'est-à-dire que ce que vous avez vécu était entre la réalité et le rêve; vous avez été victimes d'hallucinations. Seul le tigre qui t'a donné le cristal des Ténèbres était bien réel, lui.

— Et les radiations? demanda Liery. Comment Ling Su a t-elle pu rejoindre le tombeau sans protection?

— Drufus avait pensé à tout. Dans le cas où Ling Su retrouverait un jour Shangan dans le tombeau, il l'avait immunisée, tout comme vous.

— Je veux voir Shangan, tout de suite ! hurla Ling Su comme plongée dans un cauchemar.

— Ce ne sera pas possible, sa mission est terminée, Drufus l'a déprogrammé et il a rejoint la déesse Navi.» Ling Su s'effondra. Tout son univers s'écroulait et ses sentiments étaient très contradictoires.

CHAPITRE 10

RETOUR SUR GALBINIA

Sans rien dire, sans regarder personne, elle s'enfuit dans le jardin de la Cité et se réfugia dans sa cachette secrète, un havre de paix à l'abri des regards, enfoui dans une haie. Elle y avait installé un banc et aimait s'y retrouver quand elle se sentait seule et malheureuse. Là, la tête entre les mains, elle pleura à chaudes larmes. Elle se sentait vide et pourtant quelques bribes de son enfance semblaient maintenant surgir du fond de sa mémoire.

Pluck inquiet pour son amie, l'avait suivie. Il s'assit à côté d'elle et la prit dans ses bras. Il fut surpris de son geste et sentit au plus profond de lui naître un sentiment nouveau. Sa vision se troubla, son cœur se mit à battre plus fort et il se sentait comme transporté vers un monde inconnu. Pluck et Ling Su restèrent longtemps enlacés, sans parler, et quand le jour se leva, ils se donnèrent rendez-vous pour le départ de Pluck.

L'empereur avait préparé le retour de Pluck comme Drufus le lui avait demandé. Il fit venir le jeune Galbinien dans le village secret transformé en base militaire. Là, un vaisseau identique au sien l'attendait. Le départ de Pluck était maintenant imminent mais il retardait ce moment car il pensait revoir Ling Su, une dernière fois. Liery était déjà aux commandes de l'appareil et le vaisseau était prêt à partir. Pluck s'installa dans le cockpit, effondré et désespéré à l'idée de ne plus jamais revoir son amie.

L'appareil décolla à une vitesse prodigieuse, les cristaux étaient en lieu sûr dans la soute, la mission était terminée. Un silence terrible régnait dans l'appareil. C'est alors que le pilote ôta son casque et Pluck découvrit que ce n'était pas Liery mais... Ling Su! Elle avait pris la place de Liery qui, lui, souhaitait rester en Chine et servir d'ambassadeur de Galbinia. Pluck était fou de joie mais il se contenta de sourire. Les deux jeunes gens n'avaient qu'à se regarder pour se comprendre.

Quand ils arrivèrent aux abords de la planète, ils aperçurent une masse géométrique grise et morne. La belle couleur jaune de Galbinia avait disparu laissant supposer une catastrophe ou un malheur. Pluck fut surpris que personne ne vînt l'accueillir et il se rendit chez lui pour comprendre ce qui se passait. Ling Su comprit très vite la gravité de la situation. Tous deux mirent les cristaux en lieu sûr. Le robot de Pluck lui apprit que Drufus était tombé malade et avait sombré dans un profond coma. Quant à la planète, elle était totalement désorganisée et à l'agonie. Quelques clones avaient tenté de prendre le pouvoir mais rien n'était plus comme avant. La planète s'éteignait et dépérissait. Pluck réalisa qu'il n'y avait plus de temps à perdre, il était urgent de redonner vie à Galbinia. Les deux amoureux allèrent au laboratoire A3642.bcxyzk. Avec l'aide des scientifiques qui sautèrent de joie quand ils les virent, Pluck et Ling Su placèrent les six cristaux aux emplacements stratégiques. La planète se transforma en une fraction de seconde et une lumière vive l'irradia. La vie renaissait, l'espoir aussi. Pluck et Ling Su furent portés aux nues par le peuple et promus provisoirement Roi et Reine de Galbinia. L'existence s'annonçait paisible et sereine et Pluck initiait sa belle aux rituels et aux coutumes de sa planète. Mais un matin, le stylo de Pluck vibra avec intensité et le système d'alerte d'urgence de la planète se déclencha, faisant retentir une sonnerie stridente, répétitive et inquiétante…

Le jeu

Le jeu, **téléchargeable gratuitement sur le site internet du collège** à l'adresse :

http://col71-vallon.ac-dijon.fr

utilise les capacités d'une console appelée Megadrive de la société SEGA, commercialisée en France en 1990. Avec son extension MegaCD, la lecture des musiques se fait en qualité CD.

Pour y jouer sur ordinateur, il faut utiliser une application appelée émulateur.
Un émulateur permet de simuler une console de jeu sur ordinateur, son utilisation est tout à fait légale. Ce qui est illégal, c'est de jouer avec des copies des jeux commerciaux si vous n'avez pas les originaux.

Vous pouvez utiliser notre jeu en toute légalité. Cependant, pour qu'il puisse fonctionner avec l'émulateur, il faut un petit programme appelé Bios qui est la propriété de SEGA. A ce jour, nous n'avons pas trouvé de moyen de nous en passer.

Nous proposons une version prête à l'emploi à l'adresse

http://lvrgames.rossum.fr/pluckA3642.zip

avec la présence du Bios, uniquement dans un but pédagogique et pour faciliter l'utilisation du jeu pour les plus jeunes joueurs. Il n'est pas et ne sera jamais diffusé dans un but commercial.
Nous n'encourageons en rien le piratage sous quelque forme que ce soit.
Nous proposons aussi un émulateur appelé Fusion de Steve Snake. Vous pouvez utiliser celui que vous voulez mais le fonctionnement correct du jeu n'est pas garanti.

Si vous n'êtes pas très à l'aise avec le fonctionnement d'un émulateur, suivez les instructions disponibles à cette adresse :

http://lvrgames.rossum.fr/pluckA3642.pdf

Plus d'informations sur http://lvrgames.rossum.fr

Le travail de création graphique
- - -
La genèse de Pluck

Laura GARNIER

Océane BRAILLON-NOLY

Laura GARNIER

Version définitive

Le roi de Galbinia

Travail de recherche

Claudine BRAILLON-NOLY

Drufus

Laura GARNIER

Liery

Le conseiller du roi

Laura GARNIER

Ling Su

Laura GARNIER

Le roi de Galbinia

Version définitive
Laura GARNIER

Liery

Version définitive
Laura GARNIER

Ling Su

Laura GARNIER

Une des épreuves de sélection

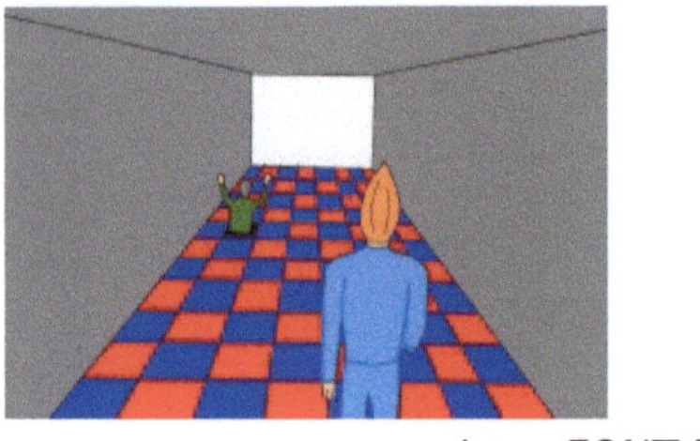

Josua FONTY

Le stylo de Pluck

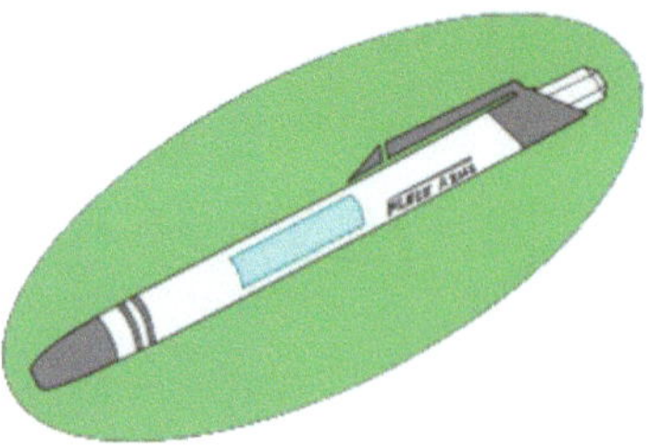

Josua FONTY

Le convoi spatial

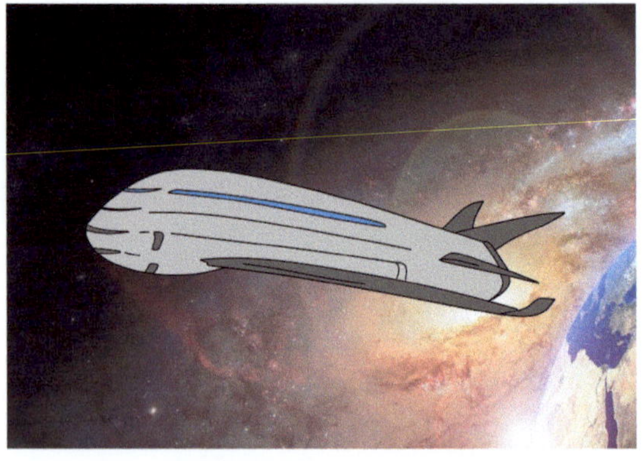

Josua FONTY

La moto de Pluck

Josua FONTY

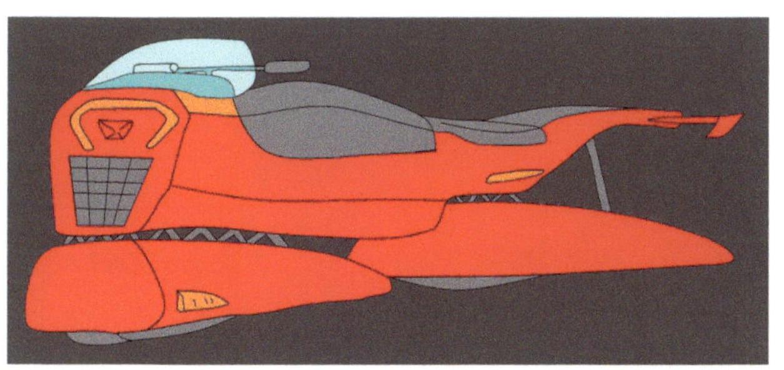

Josua FONTY

Le vaisseau de Pluck

Josua FONTY

Le vaisseau de Liery

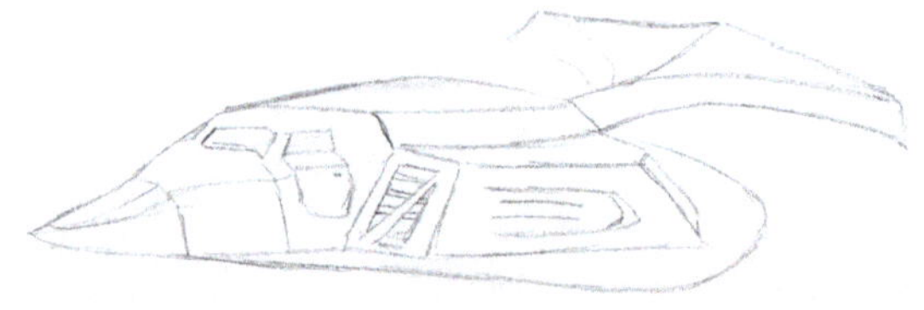

Josua FONTY

Mise en situation des vaisseaux dessinés page précédente

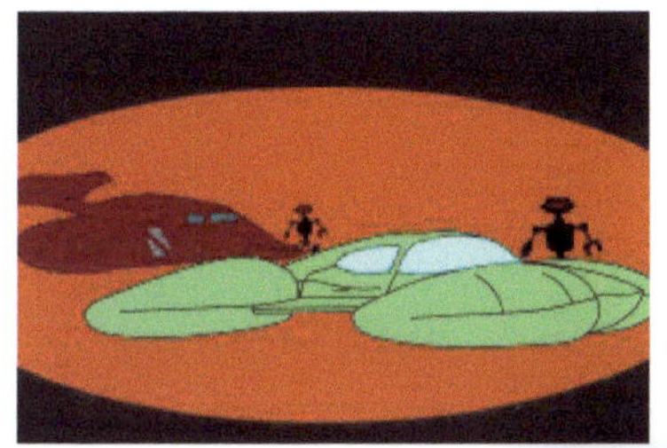

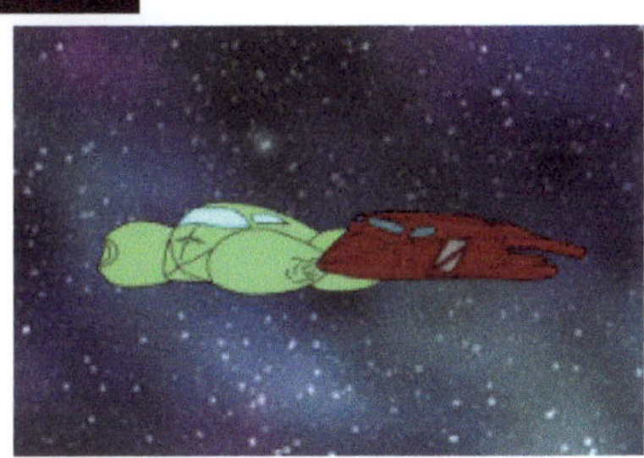

L'espace et ses déchets

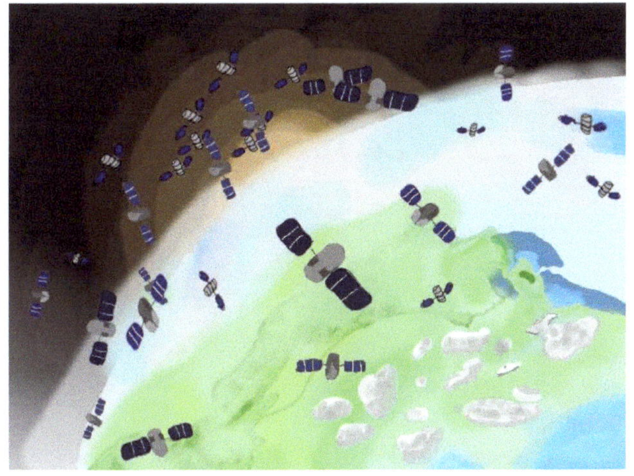

Irina ZILBERMANN

Les cristaux

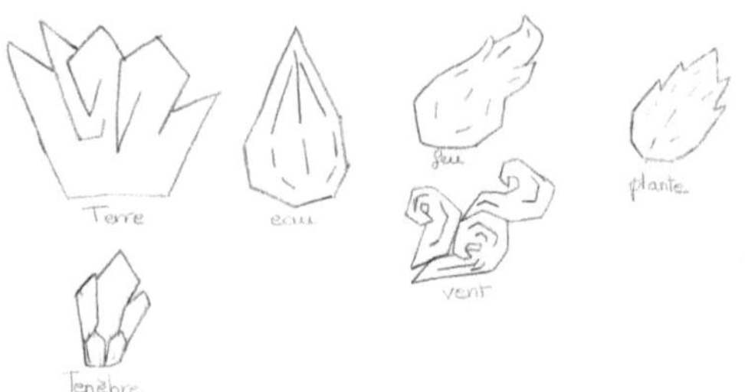

Claudine et Océane BRAILLON-NOLY - Loreleï BOURIGAULT

Plateforme pénitentiaire

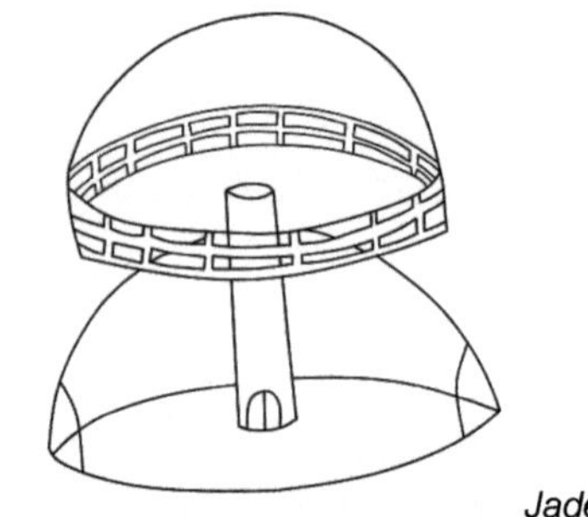

Jade ARIBI

Le narval

Jade ARIBI

Le narval

Catherine DROMER

Le fjord

Chloé CERTA

Les peuples indigènes

Chloé CERTA

Le Mont Saint-Michel

Chloé CERTA

Le Karri

Irina ZILBERMANN

Chloé CERTA

Python réticulé

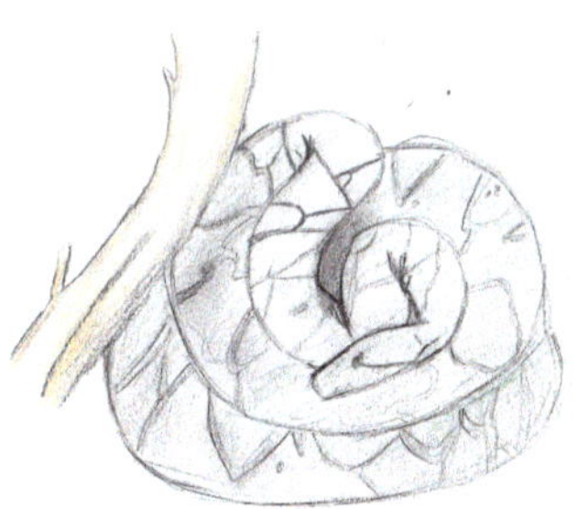

Chloé CERTA

Bafoussam

Irina ZILBERMANN

Le Mont Cameroun

Laurine CRATCHLEY

L'équilibre des cristaux

Le Vallon RetroGames

Forêt amazonienne

Cyril CHEVIGNY

Ville futuriste

Josua FONTY

Le Vallon RetroGames

Session 2014-2016

*Jeudi 29 octobre 2015,
en route pour le salon du jeu vidéo à Paris*

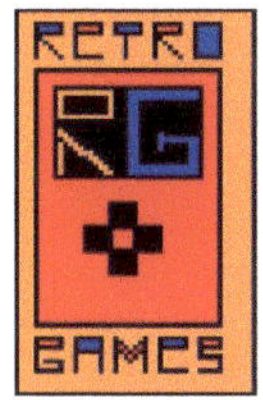

Les écrivaines

Fiona BUYLE
Amélie CHARLOT
Marie COLLEVILLE
Aure GADY
Héléna ROY
Camille REGNIER

Avec la participation de

Ludivine ALVES
Manon AUBERT
Julia CHAMFROY

Supervisées par

Claude GRECO
Professeure de Lettres
Sophie ROY
Professeure de Sciences de la Vie et de la Terre
Evelyne GAUDIN
Animatrice d'atelier de lecture et d'écriture

Les graphistes

Jade ARIBI
Loreleï BOURIGAULT
Cyril CHEVIGNY
Laura GARNIER
Claudine BRAILLON-NOLY
Océane BRAILLON-NOLY
Josua FONTY

Cette édition contient les créations de

Chloé CERTA
Laurine CRATCHLEY
Irina ZILBERMANN

Les programmeurs

Yorick BATTU
Matthieu FLACELIERE
Kévin LECOMTE
Gwendal BERTHAULT
Nicolas SACLIER

Supervisés par
Mikaël TOMICKI
Professeur de Technologie

Les musiciens

Annabelle HENNU
Charles-Adèle DESORMEAUX
Tiffany LEGROS
Alexandra MENART
Baptiste LECOMTE
Axel NEVEUX
Amélie CHARLOT
Loreleï BOURIGAULT
Claudine BRAILLON-NOLY
Océane BRAILLON-NOLY
Gwendal BERTHAULT

Musiques additionnelles : Mikaël TOMICKI

Voix off

Fiona BUYLE
Marie COLLEVILLE
Aure GADY

Avec la participation de
Eric DEDIEU
Professeur d'Education Musicale

Merci à

Mme Christine LAFOND
Principale du collège Le Vallon de 2011 à 2015 qui nous a permis de mettre en place ce projet.

L'équipe de direction du collège.

Le foyer socio-éducatif pour son soutien et Mme Ghyslaine CHERMAIN, CPE.

Evelyne GAUDIN
Intervenante extérieure. evelyne-gaudin@orange.fr

Catherine DROMER
Pour le dessin du narval.

Dominique STRASBERG
Pour le dessin de l'Eperua Falcata.

François LECORNEC alias **F.L**
(http://crazycarscpc.free.fr/)
et
Alain PRUD'HOMME alias **Vetea**
(http://www.rolango.fr/)
Pour leurs précieux conseils et informations concernant l'utilisation de BEX.

Stéphane DALLONGEVILLE
https://stephane-d.github.io/SGDK/
Pour son code assembleur qui permet de jouer les bruitages avec BEX.

Nos premiers lecteurs
Pour leurs critiques et leurs corrections judicieuses.

Les logiciels utilisés pour la création du jeu

BasiEgaXorz (BEX) : de Joseph NORMAN
http://devster.monkeeh.com/sega/basiegaxorz/
Sega Genesis Tile Designer : de Joseph NORMAN
http://devster.monkeeh.com/sega/sgtd/
ImaGenesis : de Jospeh NORMAN
http://devster.monkeeh.com/sega/imagenesis/
Paint.net : http://www.getpaint.net/index.html
Audacity : http://audacity.fr/